W0279344

ullstein

Das Buch

Alle Jahre ist es wieder so weit: Die meisten Leute feiern Weihnachten, weil die meisten Leute Weihnachten feiern. Klar, offiziell will niemand etwas mit dem Fest der Feste zu tun haben. Aber warum stehen wir uns dennoch Jahr für Jahr auf beengten Weihnachtsmärkten die Füße platt? Wie kam der blinkende Stern ins Fenster? Und warum sind die Nordmanntannen bis zum 24. 12. trotzdem alle ausverkauft?

Über 30 Geschichten erzählen unerhörte Geschichte rund um die schönste Zeit des Jahres: vom arbeitslosen Weihnachtsmann, dem auch der Gang ins Job-Center nicht weiterhilft, von der abenteuerlichen Suche nach dem letzten Christbaum und von einer Festtafel, die bei allen Beteiligten leises Entsetzen hervorruft. Witzig und unkonventionell, nachdenklich und auch mal bitterböse – und nicht nur für Weihnachtsmuffel ein großer Lesespaß.

Trotz allem ein frohes Fest wünschen unter anderem: Kirsten Fuchs, Uli Hannemann, Anselm Neft und Lea Streisand.

Michael-André Werner
& Volker Surmann (Hrsg.)

NIEMAND HAT DIE ABSICHT EINEN TANNENBAUM ZU ERRICHTEN

WEIHNACHTSGESCHICHTEN AUS DER GROSSSTADT

Ullstein

Besuchen Sie uns im Internet:
www.ullstein-taschenbuch.de

FSC
www.fsc.org
MIX
Papier aus verantwortungsvollen Quellen
FSC® C014496

Lizenzausgabe im Ullstein Taschenbuch
1. Auflage Oktober 2014
© 2013 by Satyr Verlag Volker Surmann
Umschlaggestaltung: ZERO Werbeagentur, München
Titelabbildung: FinePic®, München
Satz: KompetenzCenter, Mönchengladbach
Gesetzt aus der Adobe Garamond Pro
Papier: Pamo Super von Arctic Paper Mochenwangen GmbH
Druck und Bindearbeiten: GGP Media GmbH, Pößneck
Printed in Germany
ISBN 978-3-548-37564-9

☆
NIE-
MAND
HAT DIE
ABSICHT
EINEN
TANNENBAUM
ZU ERRICHTEN
WEIHNACHTS
GESCHICHTEN
AUS DER
GROSSSTADT

Inhalt

7 Michael-André Werner/Volker Surmann: Vorwort

1. TEIL: NACH DEM FEST IST VOR DEM FEST. DIE VORWEIHNACHTSZEIT

13 Andreas Kampa: Advent
18 Nils Heinrich: Weihnachtsmärkte – gut, wer's mag
22 Kirsten Fuchs: Neulich im Job-Center
26 Holger Haak: Shopping mit Stil und Mütze
28 Uli Hannemann: Geschenkestress
31 Ivo Smolak: Frohes Fest für Neocons
35 Karsten Lampe: Weihnachtsmärkte, Hort des Bösen
40 Martin Betz: Assisi am Kottbusser Damm
46 Felix Jentsch: Wiedersehen im Advent
52 Hinark Husen: Bastelzeit
55 Sebastian Lehmann: Weihnachtsgeschenke für die Eltern
59 Mareike Barmeyer: Nikolaus
65 Andreas »Spider« Krenzke: Die Geschenke sind eigentlich jedes Jahr das Schlimmste
68 Insa Kohler: Feiern mit Ken – Shave me Baby, one more time
73 Sarah Hakenberg: Der Koffer
78 Michael-André Werner: Der Damaszener Christbaum
83 Volker Surmann: Festtagsvorbereitung

84 Paul Bokowski: In drei Zügen schachmatt
89 Heiko Werning: Weihnachten im Wedding

2. TEIL: DER BAUM IST GRÜN, UND DAS FEST DAUERT DREI TAGE. DIE WEIHNACHTSZEIT

97 Manfred Maurenbrecher: Ladung Blautannen
103 Jochen Reinecke: Der Kühlschrank meiner Mutter
108 Micha Ebeling: Die Kinder schmücken mit Mutti den Baum
111 Martin »Gotti« Gottschild: Geronimo, der Weihnachtsölf
116 Michael-André Werner: Letzte Weihnacht
122 Robert Rescue: Heiligabend in der Vorstadt
129 Daniela Böhle: Fischpaprikasch
135 Chio Schuhmacher: Alle Jahre wieder
140 Jan Gympel: Der nette Nazi von nebenan
147 Thilo Bock: Weihnachten hoch drei
154 Georg Weisfeld: Weltkriegsweihnachten
156 Anselm Neft: Jesus auf dem Teufelsberg

3. TEIL: AUS! AUS!! ... AUUUS ... DAS FEST IST AUUUUUUUUS! DIE NACHWEIHNACHTSZEIT

167 Lea Streisand: Weihnachten in der Heimat
170 Frank Sorge: Nadelbaum
174 Volker Surmann: iNacht

181 Die Autorinnen und Autoren
188 Ein Wort zu Lesebühnen

Vorwort

Michael-André Werner & Volker Surmann

Was heißt hier eigentlich »Alle Jahre wieder…«? In Berlin ist doch sowieso immer Weihnachten (wenn nicht gerade Fasching, Karneval der Kulturen oder CSD ist – oder irgendeine Fanmeile). Die kahlen Weihnachtsbäume liegen bis Ende Februar an den Straßen und in den Büschen der Parkanlagen. Die letzte blinkende Weihnachtsdeko verschwindet irgendwann Mitte März aus den Fenstern. Ein paar vergessene, lebensgroße Weihnachtsmannpuppen bleiben an Balkonen und Hausfassaden hängen, bis sie jemand bemerkt und reinholt oder sie von selbst abfaulen. Hinzu kommt der Winter. Der letzte war so lang, dass man im März noch rodeln konnte und im April der letzte Schnee fiel (und es wird nicht der letzte Schnee in diesem Jahr gewesen sein…).

Dann kommt Ostern. Das Weihnachts-Sequel. The Jesus-Comeback. In unserer Kindheit gab es lediglich ein paar Schokoeier zum Verstecken und Wiederfinden. Mittlerweile ist es Brauch, sich auch zu Ostern gegenseitig reich zu beschenken. Und für die Kinder gibt es seit ein paar Jahren eine Art Oster-Adventskalender mit Türchen. So kommen wir locker bis Ende April.

Wenn man dann noch die Idee hat, ein Weihnachtsbuch zu

machen, liest man ab Mai jeden Tag Weihnachtsgeschichten und schreibt selbst welche. Später – mitten im Hochsommer – trifft man sich, setzt sich zusammen in eine helle, sonnige Wohnung mit ein wenig Durchzug. Dann ist es vielleicht Anfang Juli. Draußen strebt die Tageshöchsttemperatur gegen zweiunddreißig Grad im Schatten. Drinnen sitzt man und überfliegt noch mal die vielen Geschichten. Es ist kuschelig warm, nicht weil ein knisterndes Feuer im Ofen brennt, sondern weil draußen, wie gesagt, die Tageshöchsttemperatur gegen fünfunddreißig Grad geht. Man selbst hat vielleicht ein paar Kerzen angezündet, und der Kollege hat gerade zwei Glas Glühwein gemacht. Ein Adventskranz war leider bei keinem der umliegenden Blumenfachgeschäfte zu bekommen gewesen, und die Spekulatius sind zwar ganz hübsch, aber nicht mehr ganz frisch. Es ist einem warm ums Herz, denn draußen strebt die Tageshöchsttemperatur – wie erwähnt – gegen achtunddreißig Grad, und der Glühwein tut ein Übriges. Außerdem ist es fast ein bisschen wie Bescherung: All die Freunde und Lesebühnenkollegen und auch die Kolleginnen haben uns Geschichten geschenkt. Na ja, nicht gerade geschenkt, eher geliehen. Na gut, geliehen hieße, man müsste sie zurückgeben. Also eher zur Verfügung gestellt. Jedenfalls ist es sehr schön und sehr weihnachtlich im Hochsommer. Hinter jedem Geschichtentürchen lauert eine Weihnachtsüberraschung.

Wenn dann alles gelesen und sortiert ist, muss noch mal ordentlich lektoriert und alles in Form gebracht werden, gesetzt, gelayoutet. Und dann, wenn das Buch endlich druckfertig ist, ist es Anfang September. Und in den Supermärkten tauchen die ersten Lebkuchen und Dominosteine auf. Die Vorweihnachtszeit beginnt. Spätestens dann sollte man darüber nachdenken, was man seinen Lieben schenken kann (wir wissen es natürlich, wir schenken dieses Jahr wieder Bücher).

Nun ist das Jahr fast um. Ein Jahr voller Weihnachten. Ein fast Böll'sches Jahr. In unserer Kindheit lief die Verfilmung von Bölls *Und das nicht nur zur Weihnachtszeit* im Fernsehen und in unserer Erinnerung kam dieser Film dann jedes Jahr zu Weihnachten, wie später *Drei Nüsse für Aschenbrödel* oder *Stirb langsam*. Bei Böll zwingt eine geistig verwirrte alte Frau ihre Familie, Abend für Abend Weihnachten zu feiern.

So ging es uns in diesem Jahr auch ein bisschen.

Ein fröhliches Ho! Ho! Ho! Euch allen.

Die Herausgeber
Berlin, August 2013

☆

1. TEIL: NACH DEM FEST IST VOR DEM FEST

DIE VORWEIHNACHTSZEIT

☆
1.
TEIL:
NACH
DEM
FEST
IST VOR
DEM FEST
DIE VOR-
WEIHNACHTS-
ZEIT

Advent

Andreas Kampa

1. Dezember

Icke: Dingdong!

Meier: Ja?

Icke: Na, das ist ja jetzt nicht so dolle.

Meier: Wie? Was wollen Sie denn?

Icke: Wenn ich Ihnen sage, was ich will, ist es doch keine Überraschung mehr.

Meier: Ich verstehe Sie nicht.

Icke: Und ich verstehe Sie nicht. Ich meine, für Ihr Aussehen können Sie ja nichts, aber Sie hätten sich doch wenigstens ’ne ordentliche Hose anziehen können.

Meier: Das ist doch meine Sache, was ich zu Hause anziehe.

Icke: Das ist ja ’ne tolle Einstellung. Können Sie sich vielleicht vorstellen, wie enttäuschend das ist, wenn das erste Türchen aufgeht, und jemand wie Sie steht vor einem?

Meier: Was reden Sie da überhaupt?

Icke: Sie sind wohl nicht von hier.

Meier: Ich *wohne* hier.

Icke: Ja, schon, aber nicht schon immer, oder? Ich meine, Sie haben doch – wie sagt man … – Migrationshintergrund.

Meier: Ich komme aus Bayreuth.

Icke: Das heißt aber Beirut.

Meier: Nein, das heißt Bayreuth.

Icke: Nein, das heißt Beirut.

Meier: ICH BIN FRANKE.

Icke: Ach so. Bei uns sagt man aber Franzose.

Meier: Nein, ich bin Deutscher, Herrgottnochmal.

Icke: Deutscher? Hmm. Dann hätten Sie sich doch wenigstens rasieren können.

Meier: Müssen jetzt alle Deutschen rasiert sein, oder wie?

Icke: Das nicht. Aber es ist doch der erste Dezember, und da macht man in Deutschland das erste Türchen auf.

Meier: Sie meinen, am Adventskalender.

Icke: Ja, das ist doch nur was für kleine Kinder. Erwachsene machen natürlich richtige Türen auf. Und Sie wohnen nun mal hinter der ersten Tür.

Meier: Ach so! Das wusste ich nicht.

Icke: Aaah! Sehen Sie, so schnell kann ein Missverständnis geschehen. Jetzt begreifen Sie sicher auch, warum ich so enttäuscht war, als ausgerechnet Sie hinter meinem ersten Türchen standen. Ich meine, wenn man das erste Türchen öffnet, erwartet man schließlich was Schönes und nicht irgendeinen Typen mit Jogginghose, Stoppelbart und Alkoholfahne.

Meier: Hmm. Und was machen wir jetzt?

Icke: Tja, haben Sie vielleicht 'ne Frau da?

Meier: Prinzipiell schon. Aber die sieht auch nicht gut aus.

Icke: Kann die vielleicht tanzen oder singen oder was Leckeres kochen?

Meier: Keins von den dreien.

Icke: Sie haben's aber auch nicht leicht.

Meier: Wem sagen Sie das!

Icke: Das macht mich jetzt richtig traurig, dabei habe ich mich so auf das erste Türchen gefreut.

Meier: Tut mir wirklich leid… Wollen Sie vielleicht 'nen Schnaps haben?

Icke: Was habense denn da?

Meier: Korn.

Icke: Ja. Gerne.

Meier: Sehen Sie! Da haben wir ja doch noch was gefunden.

Icke: Wie ist denn Ihr Nachbar so? Bei dem bin ich morgen.

Meier: Das ist eigentlich ein ganz Netter.

Icke: Ah! Verraten Sie nicht zu viel! Es soll ja 'ne Überraschung sein. Wollen Sie vielleicht mitkommen?

Meier: Ja, gerne.

Icke: Gut. Dann sehen wir uns also morgen früh bei Ihrem Nachbarn.

Meier: Aufs zweite Türchen! Prost!

Icke: Prost!

4. Dezember

Meier: Dingdong!

Icke: Ja?

Meier: Das ist jetzt aber 'ne Enttäuschung!

Icke: Wieso?

Meier: Na, Sehen Sie sich doch mal an! Ich öffne das vierte Türchen, und sehe auf einmal Sie.

Icke: Ach du Scheiße! Ist heute der Vierte? Das habe ich total verpennt.

Meier: Ja, das sehe ich. Sie sind ja noch nicht mal gekämmt.

Icke: Das tut mir wirklich leid. Ich bin noch total verkatert vom dritten Türchen gestern.

Meier: Advent ist nicht jedermanns Sache!

Icke: Das kann ich Ihnen flüstern! Irgendwie hab ich den Advent früher besser vertragen. Ich mach drei Kreuze, wenn endlich Weihnachten ist. Wollen Sie 'nen Kaffee? Ich brauche jetzt erst mal einen.

Meier: Das ist jetzt aber noch nicht der Türcheninhalt ...

Icke: Nein, nein. Ich muss erst mal in die Gänge kommen. Treten Sie ein!

Meier: Danke. Aber ich hab nicht lange Zeit.

Icke: Wie fanden Sie den Kiffer am 2. Dezember?

Meier: Ich rauche ja nicht.

Icke: Ach. Was haben Sie denn da gekriegt?

Meier: »House of New Orleans« auf 'ner schlecht gestimmten Gitarre.

Icke: Mmm. Dasselbe wollte ich auch spielen.

Meier: Nein! Das muss ich nicht noch mal haben.

Icke: Was machen wir denn da?

Meier: Haben Sie 'ne Frau da?

Icke: Nein.

Meier: Am Fünften soll ja 'ne junge Studentin drin sein.

Icke: Ah! Nicht zu viel verraten. Es soll doch 'ne Überraschung sein.

Meier: Irgendeine Studentin ist ja immer dabei.

Icke: Ja. Aber tendenziell zu viele Hartz-IV-Existenzen.

Meier: Kleinfamilien sind auch schlimm.

Icke: Ja, furchtbar. Die Gören immer mit ihren blöden Gedichten. »Ich weiß nicht, wie's weitergeht – Heul, heul.«

Meier: Kennen Sie die Kleine vom letzten Jahr, 15. Türchen?

Icke: Ich erinnere mich dunkel.

Meier: Die hat am 15. September Geburtstag.

Icke: Ja und?

Meier: Neun Monate nach dem 15. Dezember.

Icke: Ahh! – Weiß man, wer der Vater ist?

Meier: Das kann im Grunde jeder sein. Aber man munkelt, hinterm 7. Türchen kriegt die Mutter jedes Jahr Kostgeld.

Icke: Der Kuchen im 21. Türchen soll ja verstorben sein.

Meier: Alt genug war sie ja. Und die Massage im 22. Türchen ist pleitegegangen.

Icke: Nein! Das war immer das Beste.

Meier: Da ist wohl jetzt ein Nagelstudio drin.

Icke: Was soll ich denn im Nagelstudio?

Meier: Man kann es sich nicht aussuchen. So, ich muss gehen. Was haben Sie für mich?

Icke: Sie können sich mal den van Gogh angucken.

Meier: Ist der echt?

Icke: Nein. Nur ein Poster aus'm Baumarkt.

Meier: Ah ja. Schön.

Icke: Gut, dann bis nächstes Jahr.

Meier: Wiederseh'n.

Icke: Wiedersch'n.

Weihnachtsmärkte – gut, wer's mag

Nils Heinrich

Sonntagnachmittag. Ich habe frei, und so soll es auch bleiben. Das Jahr neigt sich dem Ende entgegen, und da könnte man eigentlich an einem Sonntagnachmittag auch mit schönem grauen, kalten und klatschnassen Wetter rechnen. Doch dem ist nicht so.

Die Sonne scheint. Verdammt. Was denkt die sich eigentlich dabei?! Die gelbe Sau, sie scheint! Einfach so! Frech und fröhlich guckt sie in mein Zimmer rein, als wolle sie sagen: »Hallooooo! Es ist Sonntag! Mein Tag!! Ich bin sooo fröhlich heute!! Sooo frööööhlich! Warum bin ich so fröhlich??? Weil heute mein Tag ist, mein Namenstag! Sonntag! Siehst du, wie ich strahle? Ich bin voll Energie! Los, steh auf, lass uns was machen!!« Blöde Sonne! Kann denn dieser Sonntag nicht genauso grau sein wie Samstag, Freitag und Donnerstag auch? Muss heute unbedingt die Sonne scheinen? Weiß die gelbe Sau denn nicht, dass der Sonntag vom Deutschen Gewerkschaftsbund erfunden wurde, damit die Menschen den ganzen Tag entspannt an der Matratze horchen können? Nein, weiß sie nicht. Die Sonne will, dass man rauskommt, zum Spielen oder so. Und Andrea will das auch, Andrea, meine alte Bekannte, die jetzt am Telefon ist, das gerade laut geklingelt hat. Sie will auf den Weihnachtsmarkt!

Ach Mann, ach Mensch, böh, Weihnachtsmarkt, ach menno!!! Na gut.

Kurze Zeit später laufen wir in Richtung U-Bahn an Schaufenstern vorbei, die es hier in Berlin-Wedding mit vier verschiedenen Aufschriften gibt. Sorte eins: »Ladenlokal zu vermieten«. Sorte zwei: »Räumungsverkauf wegen Geschäftsaufgabe«. Sorte drei: »Automaten Casino«. Und an Sorte vier steht: »Frohes Fest!« Jedes zweite Schaufenster wünscht »Frohes Fest«! Auch der Leder- und Indianerbedarf – ja, der Leder- und Indianerbedarf! So was gibt es. Offensichtlich gibt es Indianer in Berlin. Und falls denen mal der Wigwam kaputtgeht oder jemand ihnen die Federn vom Kopf klaut, ein Vogel etwa, dann geht er in den Leder- und Indianerbedarf. Ganz gern auch mal vor Weihnachten, denn auch Indianer brauchen ja ein Geschenk. Jedenfalls wünscht der Leder- und Indianerbedarf: »Frohes Fest!« Das Dänische Bettenlager nebenan wünscht »Fröhes Fäst«, und sogar die Spezialisten im Unter-die-Erde-Bringen, das Bestattungshaus Ahorn und Grieneisen, wünschen »Frohe Weihnachten«. Die machen das bestimmt nicht ohne Hintergedanken; die wissen doch am besten, dass zu Weihnachten die Selbstmordrate in die Höhe schießt und sie, kurz bevor das Jahr den Abgang macht, noch mal ordentlich Erde und Geld schaufeln. Ahorn und Grieneisen sollten besser »Bis die Tage« an ihr Fenster schreiben.

Wir kriegen eine U-Bahn und sind wenig später auf dem Alexanderplatz-Weihnachtsmarkt.

Übel! Der Weihnachtsmarkt auf dem Alexanderplatz ist voll mit weihnachtstrunkenen Ostberlinern. Der weihnachtstrunkene Ostberliner hat Panik, von Weihnachten nichts mehr abzukriegen und lässt also darum literweise die Weihnachtsstimmung nur so in sich hineinlaufen. In Form von Kopfschmerz mit Schuss, vulgo: Glühwein. Außerdem kauft und mampft er Crêpes. Crêpes, das ist die moderne Plage eines jeden betonierten Platzes, auf dem Buden stehen. Crêpes werden aus einer Substanz gemacht, die aussieht wie die handwarme Masse, die ein Säugling seiner Mutter nach dem Stillen gern auf die Schulter speit.

So ein Crêpe ist ein mathematisches Phänomen: Der Rohstoffwert eines Crêpe, also der Teilmenge an Ei, Mehl, Wasser und einem Spurenelement Zucker, beträgt schätzungsweise zwei Cent. Aber durch das Erhitzen des Crêpeteiges auf dem Backeisen vervielfacht sich der Wert eines Crêpe um den Wert zweihundert, was in etwa der Backtemperatur von zweihundert Grad entspricht. Nach dem Backen ist er dann sagenhafte vier Euro wert. Mit Nutella sogar fünf Euro. Warum die internationalen Finanzinvestoren bei dieser höllischen Rendite noch nicht auf die Idee gekommen sind, Anteile von Crêpebuden aufzukaufen, wundert mich stark. Stattdessen kaufen sie Verlage und Fernsehsender und anderes Zeug, was sich nicht rentiert. Nun ja, die Crêpebudenbesitzer freut's, können sie sich doch nach jeder Adventszeit einen neuen Ferrari in die Garage stellen. Oder Anteile an Verlagen oder Fernsehsendern kaufen.

Neben Crêpes gibt's Schmalzkuchen. Das sind mundgerechte pappige Brocken mit massig Puderzucker obendrauf. Die Brocken schmecken so, als wurden sie aus alten Zeitungen zusammengeknüllt, mit denen jemand Waffeleisen gereinigt hat. Der auf den Essbrocken neuschneeartig aufgeschüttete Puderzucker ist dafür da, sich damit die Jacke einzusauen. Man sieht aus, als hätte einen die Bergrettung aus einer Lawine gekratzt. Wenn man eine Freundin oder Frau dabeihat, kann man die an der Jacke lecken lassen, damit sie sagt, man sei süß.

Ansonsten gibt's noch Grünkohl mit Pinkel und extrascharfem Senf. Der Grünkohl sieht zwar aus, als hätte ein Hund einen Adventskranz ausgekotzt, ist aber lecker, lecker, lecker. Am

Nebentisch diskutieren zwei Plattenbaubewohner aus Marzahn, ob es »Adventskranz« oder »Adsventskranz« heißt. Dabei spucken sie Grünkohl in den dunklen Frühabend. Jeder, der vorbeiläuft, kriegt was davon ab. Der Grünkohl bleibt zum Glück nicht an der Jacke kleben, dafür sorgt der Puderzucker.

Ich stelle fest, dass das alles hier irgendwie nicht mein Fall ist. Zum fünfzigsten Mal tritt mir jemand auf die Füße, jetzt isses ein Weihnachtsmann. Tut aber nicht weh, denn die Füße sind komplett vereist. Doch meine Laune wird so komisch, richtig komisch, so eine Laune hatte ich noch nie. Ich glaube, es ist schlechte Laune. Ja, ich glaube, ich habe böse Gedanken. Gedanken, in denen ich mir ausmale, wie ich den Weihnachtsmann besinnlich foltere, seinen Bart in Schmalz frittiere, ihm extrascharfen Senf in die Nasenlöcher schmiere, seine Augen wie Weihnachtsplätzchen aussteche, mit rotem Zuckerguss kandiere und ihm die Dinger wieder einsetze, nachdem ich ihm eine Weihnachtspyramide verkehrt herum in die Fontanelle gerammt habe. Dazu lasse ich André Rieu rückwärts laufen, so dass der Karpfen, der in seinem Hintern steckt, Walzer tanzt! Weihnachtsmärkte – gut, wer's mag?! Ich mag's nicht!

☆
1.
TEIL:
NACH
DEM
FEST
IST VOR
DEM FEST
DIE VOR-
WEIHNACHTS-
ZEIT

Neulich im Job-Center

Kirsten Fuchs

Sachbearbeiter: Guten Tag, Herr Claus.

Herr Claus: Tach.

Sachbearbeiter: Sie wollen Ihren Beruf also nicht mehr ausüben, entnehme ich Ihrem Antrag.

Herr Claus: Stümmt.

Sachbearbeiter: Aber das geht doch nicht. Sie üben diesen Beruf doch schon so lange aus.

Herr Claus: Ja, eben.

Sachbearbeiter: Aber Sie machen das doch sehr gut.

Herr Claus: Ja, das mag sein, aber mir geht es nicht gut.

Sachbearbeiter: Meinen Sie, mir geht es gut?

Herr Claus: Ich weiß, ich kenne Ihren Wunschzettel. Ich bin der Weihnachtsmann, schon vergessen?

Sachbearbeiter: Bleiben wir doch mal beim Thema. Wieso wollen Sie denn nicht mehr arbeiten?

Herr Claus: Ja, wo soll ich anfangen? In meinem HoHo-Horoskop stand, ich bräuchte eine berufliche Veränderung. Mir steht Rot gar nicht. Ich habe Frostbeulen. Ich will mich rasieren. Ich habe Schuppen, und mein Arzt rät mir zu einer Kurzhaarfrisur. Ich hasse Coca-Cola. Das Einzige, was schlimmer ist als Coca-Cola, sind Kinder mit ihren strahlenden Augen. Oder wenn sie heulen. Nee, wenn sie lachen, ist noch schlimmer. Ich vertrage den Schnee nicht. Ich habe Diabetes. Ich will nicht mehr am Nordpol wohnen. Ich hasse diesen weiten Weg zur Arbeit. Ich kann diese ganzen HoHoHolzspielzeuge nicht mehr sehen. Ich habe eine Tannenallergie, Flugangst, und durch das jahrelange Hohoho-Rufen diesen Sprachfehler. Es ist ein Scheißberuf. Man ackert das ganze Jahr, besorgt diesen ganzen Kram, und am Ende denken die Kinder doch nur, dass ich ausgedacht bin und die Eltern in Wahrheit der Weihnachtsmann sind. Außerdem ist der Verdienst jämmerlich. Ich habe nebenher fünf andere Jobs, morgens Zeitungen austragen, nachts anschaffen gehen für Leute mit Weihnachtsmannfetisch, einmal im Monat Blut spenden, im Sommer Eis verkaufen. Es reicht hinten und vorne nicht. Ich muss noch zusätzliche Leistungen vom Job-Center beantragen.

Sachbearbeiter: Ja, aber das Gute ist, dass Sie sich dadurch in Ihre Kunden hineinversetzen können. Wo kämen wir denn da hin mit einem dekadenten Weihnachtsmann, der jede Bürgernähe verloren hat?

Herr Claus: Das ist mir egal, wo Sie da hinkämen. Ich will nicht mehr.

Sachbearbeiter: Dann sagen Sie mir doch bitte mal: Wenn dieser Beruf so scheiße ist, wieso sollte jemand diesen Scheißberuf ausüben?

Herr Claus: Ja, eben.

Sachbearbeiter: Also, da stimmen Sie mir zu? Niemand will diesen Beruf ausüben.

Herr Claus: Ja, Sie haben es ja endlich verstanden.

Sachbearbeiter: Ja, aber Sie haben nicht verstanden. Wenn dieser Beruf so scheiße ist, dann will den keiner machen. So weit sind wir schon. Da frage ich Sie: Wie sollen wir dann jemanden finden, der Sie ersetzt? Hallo, vergessen Sie nicht: Wir sind das Job-Center. Das bleibt doch an uns hängen. Und wenn wir dann nächstes Jahr keinen Weihnachtsmann stellen können, dann machen die uns die Hölle heiß.

Herr Claus: Ja, aber ich …

Sachbearbeiter: Ach, um Sie geht es doch gar nicht. Der Osterhase kommt auch alle paar Jahre und sagt, dass er es erniedrigend findet, blabla. Da sagen wir auch: »Nix da, hoppeln Sie mal schön an Ihren Arbeitsplatz zurück.«

Herr Claus: HoHoHoppeln Sie mal schön an Ihren Arbeitsplatz zurück? Was ist das denn für eine Haltung?

Sachbearbeiter: Na, bei Ihnen würden wir eher sagen: »Stapfen Sie mal schön an Ihre Arbeit zurück!« Und Haltung? So was brauchen wir hier nicht. Wer hier Haltung hat, bekommt beim Einstellungsgespräch eine Rippe gebrochen. Ernsthaft, Herr Claus, als was wollten Sie denn sonst arbeiten, wenn nicht als Weihnachtsmann? Bei HoHoHornbach oder HoHoHolzpossling? Bei Ihnen ist doch HoHoHopfen und Myrrhe auf dem normalen Arbeitsmarkt verloren. Als HoHoHosenverkäufer oder HoHoHomöopath? Im HoHoHotel?

Herr Claus: Sehr lustig, wirklich. Verdammt noch mal, ich bin scheißalt! Ich will in Rente.

Sachbearbeiter: Nix da, Herr Claus. Sie kennen doch die neuen Rentengesetze?

Herr Claus: Ja, aber ich bin doch schon über siebenundsechzig. Ich arbeite sogar schon länger als siebenundsechzig Jahre. Dreihundertfünfundvierzig Jahre mache ich den Job schon.

Sachbearbeiter: Das gilt doch nicht für Weihnachtsmänner. Weihnachtsmänner gehen nicht mehr mit sechshundertfünfzig Jahren in Rente, sondern erst mit sechshundertsiebzig. Die paar Jahre mehr.

Herr Claus: Aber das sind ja noch über dreihundert Jahre. Das können Sie mit mir nicht machen!

Sachbearbeiter: Ich sag Ihnen mal, was Sie mit uns nicht machen können. Wenn Sie kündigen, dann müssen wir Ihre Leistungen kürzen, und nächstes Jahr schicken wir den Osterhasen in Rente, der macht seinen Job nämlich schon tausend Jahre, und irgendwer muss den ja übernehmen …

Herr Claus: Nein, bitte!

Sachbearbeiter: Und da hätten wir gerne einen Feiertagsprofi.

Herr Claus: Nein, das können Sie nicht …

Sachbearbeiter: Doch, das können wir. Da haben Sie die HoHoHose voll, oder?

Herr Claus: Bitte, ich …

Sachbearbeiter: Auf Wiedersehen und frohes Fest, Herr Claus.

☆
1.
TEIL:
NACH
DEM
FEST
IST VOR
DEM FEST
DIE VOR-
WEIHNACHTS-
ZEIT

Shopping mit Stil und Mütze

Holger Haak

Sie sind wieder unterwegs, diese Geschmacksverirrten mit ihren roten Nikolausmützen. Fest in der persönlichen Auffassung, einen zeitgemäßen Stil auf ihrem Haupte zu tragen.

Einfach schmerzfrei!

Sie kommen vielleicht von einem der diversen Weihnachtsmärkte und möchten jetzt noch im – nun auch sonntags geöffneten – Multi-Einkaufsparadies Geschenke shoppen.

Vorm Einkaufscenter, genauer gesagt, direkt vor den gläsernen Türen, steht ER.

ER hat garantiert keinen Stil, was die modischen Trends seiner Kleidung angeht. ER trägt dieselben Sachen fast das ganze Jahr über. Er hält einen Packen Zeitungen, in Klarsichtfolie eingeschlagen und damit geschützt vor Schnee und Regen, in seiner Armbeuge.

Er trägt keine rote Mütze. Dafür aber ein Käppi, welches an die Uniform der ehemaligen Südstaatenarmee der Vereinigten Staaten erinnert.

Die Leute mit den roten Mützen sind jedes Mal irritiert, wenn sie an ihm vorbei sind. Nicht wegen seines Outfits.

Denn einen Stil hat der Straßenzeitungsverkäufer dann doch.

Einen sehr persönlichen Stil, ein Verkaufsgespräch anzubahnen. Der Jahreszeit und den potentiellen Kunden angepasst: »KOOF 'NE ZEITUNG! KANNSTE OOCH VERSCHENKEN, DU WEIHNACHTSMANN!«

Geschenkestress

Uli Hannemann

Bevor Q. wegfuhr, um angeblich »dem Weihnachtsmann mal so richtig den Arsch zu versohlen«, führte sie mich noch in einen bis zur Decke mit hübsch verpackten Geschenken gefüllten Raum – das »Geschenkezimmer«, wie sie sagte, welches mir in der weitläufigen Wohnung bis dato gar nicht aufgefallen war: »Alles für dich. Aber nicht vor Weihnachten auspacken!«

Das war jetzt allerdings blöd. Sie übergab mir hier mal eben schätzungsweise dreitausend Geschenke, von denen einige sehr gut rochen (Plätzchen? Würste? Ausgehfertige Damen?), sich bewegten (Tiere? Hefeteige?) oder komische Geräusche machten (Clowns? Fernseher?). Ich hingegen hatte mir nicht einen Gedanken darüber gemacht, ob ich ihr umgekehrt vielleicht auch was schenken würde.

Nur wann hätte ich mich darum kümmern sollen? Schließlich bin ich stets komplett damit ausgelastet, meine umfangreichen Mahlzeiten zu vertilgen und im Internet nach dem Rechten zu sehen. Was sollte ich jetzt bloß machen?

Gewiss lag bei mir zu Hause noch das eine oder andere Blatt Papier, aus dem sich mit ein wenig Mühe und Phantasie ein Schiffchen oder Flieger basteln ließe. Doch zum einen meine ich, dass die Wörter »Mühe« und »Phantasie« für die Bereiche

Ackerbau respektive Nervenheilkunde reserviert bleiben sollten, und zum anderen würde das dem Luxusbienchen ohnehin nicht reichen – den braven Gaul Genügsamkeit muss sie bereits vor vielen Jahren tief in sich erschossen haben. Allzumal angesichts meiner viertausend Geschenke, aus denen in der Zwischenzeit zum Teil Geklingel (Fahrräder? Kirchen?), Gebrumm (Lastkraftwagen? Bären?) und Gesundheit (Gemüse? Schmerztabletten?) drangen.

Nicht verschweigen möchte ich daher, dass langsam immer mehr gerechter Zorn in mir hochkroch: Ich fühlte mich beschämt und unter Druck gesetzt, nicht zuletzt, da ich ahnte, dass bei Nichtbefolgen des Wunsches meine fünftausend Geschenke ratzfatz verschwinden und durch ein einziges ersetzt würden: eine in reichlich Tränen verpackte Riesenbackpfeife. Doch generös unterdrückte ich den naheliegenden Impuls, das Dilemma durch Gebrüll, Mord oder Brandstiftung zu lösen. Krächzte stattdessen mit heiserer Stimme: »Am Vierundzwanzigsten haben die meisten Läden ja noch bis mittags auf. Wenn ich da mal eine ganz kurze Facebook-Pause einlege, könnte ich eventuell noch irgendeinen Scheiß holen.«

Und dann fiel mir ein: »Wenn du mir einfach sagst, was du haben willst, wäre natürlich alles leichter.«

Die Teufelin setzte eine listige Miene auf, wie immer, wenn sie vorgibt nachzudenken, obwohl doch längst ein fertig ausformuliertes Konzept vorliegt: »Och, egal, Hauptsache irgendwas mit Diamanten. Und ein Pferd.«

»UND ein Pferd«: Also nicht »ODER ein Pferd« beziehungsweise »und EINE TÜTE GUMMIBÄRCHEN« – nein: »DIAMANTEN *UND* EIN PFERD«! Immerhin nur EIN Pferd, trotzdem würde das eine tierische Rennerei geben, wenn ich am Heiligen Abend erst in den Diamantenladen und anschließend noch in den Pferdeshop hetzen müsste, die ja beide nicht unbedingt nebeneinander liegen. Oder besser umgekehrt? Dann könnte wenigstens das Pferd die Diamanten transportieren.

In meinem Kopf ratterte und rumpelte es. Dabei konnte ich mich kaum konzentrieren, weil es aus einem besonders großen und eckigen Geschenk wie am Spieß zu schreien begann (Punkband? Sterbender Soldat?). Oder wäre es besser, zuerst die Diamanten zu besorgen? Die könnte ich nämlich klauen, da sie kleiner sind und garantiert nicht gut bewacht, und später das Pferd davon bezahlen.

Dazu Geschenkpapier und eine betont kitschige Karte, Teddybär mit Weihnachtsmütze oder so, weil dieses ganze »Weihnachtsding«, wie wir es rotzecool nennen, bei uns sowieso total ironisch gebrochen ist (wie zum Beweis explodierte in diesem Moment ein Geschenk ganz oben auf dem Stapel und setzte eine schleimige grüne Substanz frei). Yeah, mon Dieu, was sind wir doch für fucking freaks! Ich hoffe nur, meine Eltern und Tante Annegret holen mich Weihnachten mit dem geschmückten Trecker vom Dorfbahnhof ab.

☆
1.
TEIL:
NACH
DEM
FEST
IST VOR
DEM FEST
DIE VOR-
WEIHNACHTS-
ZEIT

Frohes Fest für Neocons

IVO SMOLAK

Auf dem Weg zum Berliner Weihnachtsmarkt am Einkaufszentrum »Alexa« wälzen sich Menschenmassen. Verliebte Paare, Teenager und kleine Kinder mit ihren Eltern werden in vorweihnachtlicher Stimmung viel Geld in Fahrgeschäfte, Losbuden oder Glühwein stecken. Doch bevor sie den Weihnachtsmarkt erreichen, müssen sie an der schmalsten Stelle des Wegs vor einer Fußgängerampel warten. Dort werden sie von Obdachlosen, Bettlern und *Motz*-Verkäufern angesprochen. Auch diese Ärmsten der Armen verfügen über einen Rest Geschäftssinn und wissen, dass vor dem Fest der Liebe hier fast jeder etwas springen lässt. Bis zu zweihundert Euro Umsatz kommen pro Bettler täglich rein. Das hat mir ein wohlhabender Immobilienmakler erzählt, der sich jedes Jahr in der Vorweihnachtszeit als Penner verkleidet, eine offene Flechte auf die Wange schminkt und dann an der Ampel mit krächzender Stimme nach Spenden fragt. Es geht ihm dabei nicht ums Geld, vielmehr möchte er sich mit dieser Maskerade im Vorfeld des Festes erden und dem einfachen Volk nahe fühlen. Obschon das steuerfreie Zubrot natürlich willkommen ist.

Als meine siebenjährige Tochter und ich zum Weihnachtsmarkt gehen, steht der kostümierte Immobilienmakler auch wieder vor der Ampel. Allerdings ist er gerade nicht in seiner Rolle, offenbar hat ihn ein Kunde erkannt, und der Makler erklärt diesem wortreich, warum er sich Furunkel ins Gesicht malt. Ich muss lächeln – das Weihnachtsfest verzaubert die Menschen doch stets aufs Neue. Bedauerlicherweise verfliegt mein Frohsinn gleich darauf, als eine raue Stimme in mein rechtes Ohr brüllt: »Hat der Papa mal ’n Euro für’n armet Schwein? Ick möchte mir zu Weihnachten mal wat zu essen koofen oder ’n Schal!«

Ich mag es nicht, wenn Bettler mich von hinten überraschen, überdies bin ich der falsche Ansprechpartner in diesem abgefeimten Spiel. Auf dem Weg zum Weihnachtsmarkt habe ich stets ein paar Flyer von der kostenlosen Hartz-IV-Beratung dabei, um sie den Armen statt Geld in die Hand zu drücken. Auch dem Mann, der sich einen Schal kaufen möchte, gebe ich einen Flyer und zeige auf die Öffnungszeiten: »Sehen Sie? Heute ist die Beratung bis 18.00 Uhr geöffnet, wenn Sie sich beeilen, schaffen Sie es noch. Zwar vermute ich, dass Sie sich kein öffentliches Verkehrsmittel leisten können, aber auch zu Fuß ist der Weg in dreißig Minuten machbar. Gehen Sie hin, dann bekommen Sie bald die Grundsicherung! Und wenn Sie davon jeden Monat einen Euro beiseitelegen, können Sie sich im Frühling einen Schal kaufen.« Flink weiche ich anschließend dem Speichel des Bettlers aus, den er durch seinen zahnlosen Mund in die Richtung meines Gesichts hustet. Dann hetzen meine Tochter und ich zum Weihnachtsmarkt.

Auf dem Weg fragt meine Tochter: »Bist du neoliberal, Papa?«

Ihre Frage überrascht mich, anscheinend hat sie in der Schule ein neues Wort gelernt. »Was meinst du?«, frage ich zurück, während wir stehen bleiben.

»In der Schule haben wir gelernt, dass die Neoliberalen die sind, die den Armen nichts geben wollen. Das sind die, die immer sagen, dass jeder für sich selbst verantwortlich ist. Und du hast dem armen Mann nichts gegeben! Du bist ein neoliberales Schwein, Papa!«

Die Bezeichnung »Schwein« empört mich ein wenig, das vorangestellte Adjektiv allerdings – das schmerzt und sitzt tief, ich spüre, wie Tränen hochschießen. Dafür schäme ich mich nicht, ich schluchze oft und gern. Mein Vater stammt aus der Slowakei, dort dürfen Männer traditionell weinen, und mir wurde schon als Knirps beigebracht, wie man ordentlich heult. Leider ist meine Tochter daran bereits gewöhnt und lässt sich durch traurige Männeraugen kaum noch manipulieren. Sie blickt mich weiterhin streng an und beginnt nach circa dreißig Sekunden zu rufen: »Neoliberale sind eine Plage, Neoliberale sind die Pest! Keinem von ihnen wünsch ich ein Frohes Fest!«

In einem versteckten Winkel meiner Seele bin ich stolz, dass meine Tochter den Demonstrantengestus so verblüffend gut beherrscht, der Rest meines Gemüts ist jedoch beleidigt, und daher gebe ich tränenmäßig alles. Mit Falsettstimme stoße ich Klagelaute aus und steigere mich in einen leichten Heulkrampf. Meine Tochter bleibt knallhart, hebt beide Arme und skandiert: »Und wenn sie flennen wie die Memmen, schämt man sich, sie zu kennen!«

Okay, denke ich, dann fahre ich jetzt andere Geschütze auf. Mit Tränen auf den Wangen greife ich nach meinem Portemonnaie, hole einen Fünfzig-Euro-Schein heraus und sage mit noch zitternder Stimme: »Hier liebe Tochter, diese fünfzig Euro sind unser Budget für den Weihnachtsmarkt. Nicht mehr und nicht weniger wollten wir heute hier ausgeben. Aber wenn du meinst, dass wir den Armen mit Geld helfen sollten, dann nimm diese fünfzig Euro und wir verzichten auf den Konsum. Wir verzichten auf Riesenrad, Losbude und Mutzenmandeln, gehen gemeinsam zu dem Bettler zurück und geben ihm das Geld.« Fassungslos sehe ich zu, wie meine Tochter entschlossen nach dem Schein greift und sagt: »Ja, das machen wir, wir gehen zurück!«

Als wir an der Ampel ankommen, bemerke ich im Augenwinkel, wie der Bettler, der mich ansprach, in ein Taxi steigt. Und ich meine zu hören, wie er einem Kollegen zuruft: »Schicht für heute, hat sich do wieder jelohnt, Alta!« Meine Tochter bekommt davon nichts mit, sie sucht die Menschenmenge nach ihm ab, und als sie den Bettler nicht entdeckt, sagt sie: »Der arme Mann ist wohl tatsächlich zur Hartz-IV-Beratung gegangen. Na ja, dann geben wir das Geld eben dem da!« Sie zeigt auf den verkleideten Immobilienmakler. Ich kann sie nicht davon abhalten, ich zeige ihr noch andere Penner, die auch traurig aussehen, aber sie lässt sich nicht beirren. Als sie dem Makler die fünfzig Euro überreicht hat, beginnt dieser Heuchler doch tatsächlich mit einer Predigt: »Du Engel reinen Herzens, ich danke dir! Gott segne …« – An dieser Stelle bewege ich meinen Mund blitzartig zum Ohr des Maklers und zische: »Maul halten!« Dann küsse ich ihn fest und innig auf die angemalte Eiterflechte, die nun nicht mehr wie Eiter, sondern wie ein Herz wirkt.

Meine Tochter ist beeindruckt. »Frohe Weihnachten!«, ruft sie glücklich und klatscht in die Hände.

☆
1.
TEIL:
NACH
DEM
FEST
IST VOR
DEM FEST
DIE VOR-
WEIHNACHTS-
ZEIT

Weihnachtsmärkte, Hort des Bösen

Karsten Lampe

»Kerze gut. Ist künstlerisch wertvolle Kerze. Ist gut Geschenk für Mama«, sagt der beschnauzbarte Mann auf der anderen Seite des klapprigen Holztisches.

»Was ist an der denn künstlerisch?«, frage ich zurück.

»Bei Gießen ich habe gehört Stevie Wonder. Manifestiert sich in Fehlen von Docht.«

»Und bei der hier?«, sage ich und deute auf eine andere Wachsstange.

»Kraftwerk. Bei Komposition ich legte Augenmerk auf klare Struktur.«

»Und was war die Inspiration zu diesem Stück?« Ich deute auf die dritte von drei vollkommen identischen Kerzen. Alle sind weiß und haben am unteren Ende so eine Art Wachsstuck mit gelben Sternen angezimmert bekommen.

»Nix gehört. Habe ich gesehen Pokalfinale FC Bratislava gegen Lokomotive Bratislava. War aufregend Spiel, weil Schiedsrichter hat gegeben ungerechtfertigte Elfmeter, weil überfordert mit die viele Konsonanten. Hat aufgeregt mich! War auch schwierig zu machen Kerze mitten auf kalte Tribüne. Ergebnis ausdrucksstark, aber nichts für jeden Geschmack.«

Alle Jahre wieder schlägt einer meiner Freunde vor, man könne doch mal zusammen auf den Weihnachtsmarkt gehen und Glühwein trinken. Ich verstehe das einfach nicht. Was ist das für eine gesellschaftliche Konvention, die mich, sobald der Dezember auch nur am Horizont zu dräuen beginnt, dazu zwingt, so lange im Kalten zu stehen, bis das schwächste Körperteil aufgibt, abfällt und endlich am Boden in viele blutige Eis-Fleisch-Splitter zerschellt? Und warum leisten wir uns dabei gegenseitig Gesellschaft? Wenn ich einen Weihnachtsmarkt betrete, erfassen mich die Menschenmassen wie ein starker, aber langsamer Strom. Sie führen mich immer wieder im Uhrzeigersinn um die gewaltige hölzerne Weihnachtspyramide, welche von den Machthabern als Monument ihrer Autorität in der Mitte des Marktes errichtet wurde. Man kann hier gut neue Leute kennenlernen. »Und, wie lange rotieren Sie hier schon? 1986? Ach, Ihre Eltern rotierten einst aus Böhmen hierher?« Doch schnell ist dieses Thema ausgereizt, und so macht man Bekanntschaften, aber Freunde findet man hier keine. Langsam treibt man an den Germknödel- und Bratwurstständen vorbei, und wenn man beschließt, einen solchen ansteuern zu wollen, versteht man auf einmal die Lachse, die zum Laichen und Sterben den Fluss hinaufziehen. Man quetscht sich, das Ziel vor Augen, durch enge Gassen muffiger Mäntel, steigt über die Köpfe weinender Kinder und bekommt dabei die Ohren zu*gewhamt*. Laut deutscher Weihnachtsmarktverordnung, Paragraph 18b, hat nämlich »Last Christmas« auf deutschen Weihnachtsmärkten zu jeder gegebenen Zeit aus mindestens fünf verschiedenen Lautsprechern gleichzeitig zu erschallen. Wichtig ist dabei, dass keiner dieser fünf Lautsprecher das Lied in derselben Geschwindigkeit abspielen darf. Stattdessen sollen sie ganz leicht im Tempo variieren, nur ein wenig, so dass das menschliche Gehör es nur unterbewusst wahrnehmen kann. Wenn dazu noch eine der fünf Tonspuren eine südkoreanische Coverversion spielt, klingt das dann wie damals, als ich mit dem Plattenspieler meiner Eltern scratchen übte: *LaLalaaaastChristmasIgaaaaveyoumyheaheaheart.*

Verstehen Sie mich richtig, ich habe nichts gegen Weihnachten. Ich finde es gut, dass der Erlöser geboren wurde. Ist doch schon mal was. Immerhin schon mal da ist er, kann man ja drauf aufbauen. Ich finde es auch gut, wenigstens einmal im Jahr meine Schwester zu sehen oder in dem Dorf, in dem ich zur Schule ging, einen Spaziergang über die inzwischen verwitterten, alten Wege zu machen. Selbst die Pappsterne und Lichterbögen in meiner Wohnung, gegen die ich mich jedes Jahr aufs Neue sträube und die meine Freundin dann trotzdem wieder aufhängt, finde ich insgeheim ganz hübsch. Ich mag es nicht, mir Geschenke zu überlegen, aber ich mag es, wenn sich mir wichtige Menschen über ein Geschenk freuen. Ich mag Weihnachten, aber Weihnachtsmärkte sind der letzte Scheiß.

»Aber der Glühwein!«, rufen die Enthusiasten da empört. »Ja, der Glühwein!«, antworte ich ihnen. Der Glühwein, der vier Euro kostet und entweder so heiß ist, dass man sich damit den Gaumen wegschmilzt, oder schon wieder so kalt, dass er einen nicht mehr wärmt. Es gibt nur ein sehr schmales Zeitfenster, in dem das Trinken von Glühwein tatsächlich angenehm ist! Und so schüttet man sich die Alkoholhumpen in einem einzigen, großen Schluck in den Rachen und wird furchtbar betrunken.

Zwischenspiel: Das ist eine der seltenen Gelegenheiten, meine einzige echte »Mann-war-ich-besoffen«-Geschichte zu erzählen. Die meisten Alkoholstorys enden mit den Worten: »Und als ich wieder zu mir kam, waren die Japaner leider schon auf dem Weg nach Pearl Harbor.« Oder: »Und das ist der Grund, warum eure

Mutter ein Elch ist.« Meine enden immer nur mit: »Und dann wachte ich auf und hatte mittelstarke Kopfschmerzen.« Nur diese eine nicht, weswegen ich jede Gelegenheit nutze, sie zu erzählen. Es war auf dem Sternschnuppenmarkt Wiesbaden, wo ich mir in kurzer Zeit vier Becher Feuerzangenbowle zu Gemüte führte. Ich kannte das Zeug bis dahin nur aus der gleichnamigen Pennälerschmonzette mit Heinz Rühmann. Ein niedlicher Film für ein niedliches Getränk, dachte ich damals. Mann, lag ich falsch.

Wenn andere Leute betrunken sind, beginnen sie zu lallen. Wenn ich betrunken bin, passiert genau das Gegenteil. Weil meine Lippen sich dann nicht mehr in der gewohnten Geschwindigkeit bewegen können, bekommt das Gehirn die Chance aufzuholen und nutzt die Gelegenheit, die absonderlichsten Satzkonstruktionen zu stricken, welche ich dann auch noch besonders klar und laut artikuliere. Wenn ich so richtig stramm bin, rede ich wie eine Figur aus *Oliver Twist*.

Nachdem ich den Markt also verlassen und auf dem Weg nach draußen zwei Kommilitoninnen, die ich abgrundtief hasste, umarmt hatte, nachdem ich zwei Stationen mit dem Bus zum Kino gefahren bin, vor das zu kotzen ich mir schon immer einmal gewünscht hatte, nachdem die Kotze und ich dort noch ein wenig kameradschaftlich liegen geblieben waren, wobei ich beschloss, doch lieber zu Fuß nach Hause zu gehen, schlief ich wenige Meter weiter friedlich an einen Verteilerkasten gelehnt ein, der direkt unter einer orange leuchtenden Straßenlaterne stand.

Ein blondes Mädchen weckte mich nach unbestimmter Zeit, indem sie mit schlanken Fingern den Schnee von meinen Schultern fegte. Sie sah mich aus ernsten grünen Augen an und wollte wissen, ob sie mir helfen könne. Ach, was liebte ich sie in diesem

Augenblick! Sie, ich, der Schnee und der Verteilerkasten, das musste Schicksal sein! Das wollte ich ihr sagen, stattdessen sagte ich: »Gnä' Fräulein, ich weiß, es mag nicht den Anschein erwecken, aber mir ist der Weg in heimische Gefilde vollauf präsent.« Dann kotzte ich ihr noch ein bisschen vor die Stiefel. Es ist nichts aus uns geworden.

Wo war ich? Ach ja, Weihnachtsmärkte. Es gibt noch viel mehr Gründe, sie blöd zu finden, zum Beispiel, dass man sich nur schreiend verständigen kann, die Darbietungen kleinstädtischer Schulchöre und mein Unverständnis des Zusammenhangs zwischen Besinnlichkeit und billigen Bongos, aber belassen wir es dabei. Die Message ist wohl rübergekommen.

Nur eine Sache mag ich an Weihnachtsmärkten. Das ist, wenn gerade das Mädchen, das vorher am lautesten darum gefleht hat, dass wir doch alle zusammen auf den Weihnachtsmarkt gehen, am meisten friert. Dieses Mädchen führt dann immer so eine Art Tanz auf, bei dem es darum zu gehen scheint, den kalten Boden mit der kleinstmöglichen Fläche des eigenen Körpers zu berühren. Das sieht dann so aus, als versuche das Mädchen, den Weihnachtsmarkt auf dem direktesten Wege zu verlassen, nämlich nach oben. Ich kann sie verstehen.

☆
1.
TEIL:
NACH
DEM
FEST
IST VOR
DEM FEST
DIE VOR-
WEIHNACHTS-
ZEIT

Assisi am Kottbusser Damm

Martin Betz

1

Weihnachten einerseits, Glaube an Gott andererseits, miteinander vereinbaren lassen sie sich nicht. So sehen's Adventisten und Zeugen Jehovas, die beide kein Weihnachtsfest begehen. So empfinden's Muslime in Deutschland, denen nicht einleuchtet, dass an Weihnachten jede Fabrik stillliegt, während den Ramadan hindurch knallhart gearbeitet werden muss. Und so seh auch ich das. Ich bin fünfzehn, Gymnasiast, Weltverbesserer, Protestprediger. Ich hab mir ein Bild von Jesus zusammengebaut, das ihn als schroffen, zornigen Kritiker zeigt, ein Vorbild. Weihnachten dagegen, die Forderung, sich freundlich-fröhlich-feierlich zu geben – was hat das mit Jesus zu tun?

Oder mit Franz von Assisi, dem Existentialisten? Der hat empfohlen, lieber in Landschaften und Bäumen zu lesen als in Büchern. Lektüre von Landschaften statt von Lettern, diesem franziskanischen Bildungsprogramm entsprechend stiefle ich durch vereiste Hügel und Wälder, die meine kleine Heimatstadt umgeben. Botschaften entziff're ich in den Schriftzeichen tintenschwarzer Äste vorm Hintergrundweiß. Abends zwingt mich mein Rückweg durch eine Altstadt, die immer wieder zu hören bekommt, dass sie hübsch sei.

Jetzt im Dezember zeigt sie sich zugedröhnt. Glühweindunst, Gasflammen, Scheinwerferkegel und Musik umrahmen eine Verstopfung aus unerbittlich hochgestimmten Erwachsenen. Die *Hotwolee* – in besserer Stimmung hätte ich gesagt: die Eltern meiner Schulkameraden – konsumiert überteuerte Luxusartikel. Denn als solche veracht' ich in meiner Protesthaltung selbst Grog und Popcorn.

Meine persönliche Weihnachtskatastrophe, sie ereignet sich alljährlich. Nicht in Gestalt eines Christbaumbrands, einer verschmorten Gans, eines Glatteisunfalls – Katastrophen dieser Art hätt' ich geradewegs begrüßt. Meine Katastrophenweihnacht erwächst aus dem Ausbleiben solcher Katastrophen; besteht eben in Weihnachten, so wie es ist. Schmuck, Schminke, Schmand – ich muss raus hier.

2

Jetzt bin ich einundzwanzig, ich zieh um. Stuttgart, West-Berlin und Zürich haben mir einen Studienplatz angeboten, ich entscheide mich für den Ort, der die günstigste Mietwohnung bieten kann. Nun wohn ich in Berlin-Neukölln, dem unbeliebtesten Bezirk der Insel-Großstadt. Neukölln hat sich diesen Status über lange Jahre erarbeiten müssen und sich allmählich ein miserables Image verschafft. Zum Glück! Schließlich erweist sich alles, was zum miesen Ruf Neuköllns beitrug, als Trumpf für mich. Der viele Schmutz hier – das bedeutet, dass ich die Möbel meiner Wohnungseinrichtung durchweg auf dem Gehsteig einsammeln kann, in nächster Nähe. Das Publikum hier sei heruntergekommen – das bedeutet: temperamentvolle Nachbarn, die sich nicht an bürgerlichen Lebensrhythmen orientieren, auch an Weihnachten nicht. Alles Verrufene zusammen bedeutet, dass sich Weihnachten nicht mehr grauenvoll anfühlt. Sondern, für mich: christlich.

Was schadet's, dass sich der Schneematsch giftig gelb und kitschrot verfärbt zeigt unter Tausendschaften blinkender Plastikweihnachtsmänner, die in den Fenstern der Nachbarwohnungen ranken? Besser ehrlicher Kitsch als luxuriöser Glühwein. Und endlich entdecke ich ihn, meinen Zufluchtsort, meine Kapelle der Andacht:

Am Kottbusser Damm hat sich ein Ladengeschäft eingerichtet, dessen Inneres an ein Dentallabor erinnert. Das liegt einerseits an den Artikeln, die feilgeboten werden. Ganz überwiegend handelt es sich um Gegenstände, die unter den Sammelbegriffen »Elektro-Großgeräte« oder »Weiße Ware« zusammengefasst werden können: Waschmaschinen, Trockner, Kochherde, Kühl- und Gefrierschränke. In einheitlicher Farbe gehalten und von genormtem Format, übersäen sie die Fläche wie große Formstein-Blöcke auf einem Trümmerfeld – zunächst. Da wir Nachbarn durch die Bank Fußgänger oder Radfahrer sind, können wir die Stücke, selbst wenn wir sie bezahlen könnten, doch nicht abtransportieren. Gleichwohl trifft immer neue Ware ein, allmählich stapelt sie sich in Form hoher schweigsamer Schneewände.

Der Laden heißt »Quelle Fundgrube«. Als ich den Namen lese, schlägt irgendwo im Halbbewusstsein ein Witterungsorgan Alarm. Irgendwas mit diesem Namen stimmt nicht. Einen stillen Makel birgt er, eine Spur von Madigkeit oder Ranzigkeit. Indessen, erst viele Jahre später werd ich der Sache nachgeh'n. Eben vorhin ist das gewesen; ich hab recherchiert, jetzt bin ich klüger:

»Fundgrube«, ein Wort von einiger Schönheit übrigens, dieses Wort stammt aus der Bergmannssprache. Bezeichnet wird damit ungefähr das, was bei den Goldsuchern ein abgesteckter Claim darstellt: Da wird eine Fläche markiert, da drunter darf dann gegraben werden. Derjenige, der sich die Fundgrube markiert hat, wird mit einem Wort bezeichnet, das sogar zu den allerschönsten zählt: Er heißt »der Muter« – weil er irgendwelche lohnenden Schätze unten vermutet.

Nun erkenn ich den Makel in der Zusammenstellung »Quelle Fundgrube«: Bergbau und Quelle, das verträgt sich nicht. Nichts fürchtet der Bergmann so sehr wie unterirdischen Wassereinbruch. Beginnt's im Schacht zu sprudeln, bedeutet das den GAU. »Quelle Fundgrube« – das verkörpert ein Maximum gegenseitiger Unverträglichkeit, so wie Glaube an Gott und Weihnachten es verkörpern. Beziehungsweise wie sie es jetzt gar nicht mehr verkörpern. Aber davon gleich.

In diesen Läden verhökert das Quelle-Versandhaus Artikel zu stark reduziertem Preis, weil sie irgendeinen Makel aufweisen. Von daher erscheint der Ladenname durchaus angemessen, er passt zum Zustand der Ware.

Irgendwo zwischen den weißen Geräteklötzen tummeln sich eine Kleiderstange voll unveräußerlicher Übergrößen, ein Fahrrad, eine elektrische Kuckucksuhr. Mich fasziniert die unschuldig-unwillkürliche Anordnung – kein Dekorateur, kein Lagerist, kein Logistiker hat gestaltend eingegriffen, dem Auge präsentiert sich pure Aleatorik. Wobei es keineswegs nottut, den Laden zu betreten, da der Raum, an einer Straßenecke gelegen, gleich an zwei Seiten ausgedehnte Scheiben aufweist. Bloß dass der Ausdruck »Schaufenster« nicht wirklich angemessen erscheint. Denn so wenig, wie innen zwischen Lagerraum und Ausstellungsfläche differenziert würde, so wenig findet sich in Fensternähe irgendein Unterschied zwischen Innenraum und Auslage: Der homogene Lager-Ausstellungs-Verkaufsraum erstreckt sich von der hintersten Wand bis zu den Fenstern.

Nicht vergessen darf ich jenen wohltuenden Kontrast, den die

Farben grellgelb und grellrot erzeugen. Beigesteuert werden diese Farben durch die Quelle-Fundgrube-Sonderpreis-Schilder, die, in halber Postkartengröße, an den Artikeln prangen. Wobei die Vorderseite der Schilder jeweils den Preis beziffert, auf der Rückseite aber findet sich eine Multiple-Choice-Liste:

Vorführgerät
Kleine Schönheitsfehler
Gerät aus Vorkatalogen
Mietkauf-Rücknahme-Gerät

Ein mit schwarzem Filzstift aufgemaltes Kreuz gibt Auskunft über den Zustand des betreffenden Artikels.

Sofort wird mir der Wert meiner Entdeckung bewusst.

Das Quelle-Fundgrube-Fenster taugt zu stiller Einkehr, viele tief befriedigende Augenblicke der Erholung erlebe ich fortan vor dem von vollkommener Nüchternheit erfüllten Fenster.

Eindeutig: Die Quelle-Fundgrube-Leute beweisen Geschmack.

Dass die Anordnung unbewusst geschehen ist, widerspricht dem keineswegs. Im Gegenteil, gerade in unbewussten Handlungen zeigt sich, ob jemand Geschmack hat.

Ich beginne zu ahnen: Endlich hab ich gefunden, was ich als Jugendlicher auf meinen Waldwanderungen suchte: das Undekorierte, die Botschaft des reinen Lebens, Natur. Lies nicht in Büchern, lies die Preisschilder der Quelle-Fundgrube, da wirst du mehr erfahren. Endlich bin ich am Ziel, hab's erreicht: mein Weihnachten.

Und irgendwann, nach einigen Monaten, hat sich die Vermutung bestätigt. Aufs Triumphalste:

In den Laden hat sich ein Artikel verirrt, der zwar zum Quelle-Sortiment gehört, aber keinesfalls zum üblichen Fundgrube-

Angebot: ein Ölgemälde. Eines jener Ölgemälde, denen der dicke Quelle-Katalog immerhin eine volle Doppelseite widmet.

Durchs Fenster hinaus, andächtig eingerahmt von Waschmaschinen und Tiefkühlschränken, blickt es mich an: ein Winteridyll. Das Zentrum des Bildes bildet ein süddeutsches Zwiebelturmkirchlein, dessen helle Fassade anmutig mit den Farbtönen der nachbarschaftlichen Maschinen harmoniert. Dicht daneben dominiert ein dunkler Tannenbaum. So weit die stillen Elemente. Oben aber, in dick aufgetragener graumelierter Farbe, dräut gewaltiger Gewitterhimmel; ihn kontrapunktiert, am zentralen Kirchlein entspringend und, sich verbreiternd, diagonal zur linken unteren Ecke hin strudelnd, ein reißender Wildbach, in just demselben Farbton ausgefüllt wie der Himmel.

Was ich mir als Muter von meiner Fundgrube erhofft hatte – einen reichen Schatz dort zu finden –, das finde ich jetzt bestätigt. Offen präsentiert er sich.

Gewittert hatte ich den guten Geschmack der Fundgrube-Leute. Fürwahr, ich hatte mich keineswegs getäuscht. Da die Komposition im Bilderrahmen, so weit ich sie bislang geschildert habe, noch keinen Anspruch auf Perfektion hätte anmelden können, bescheren die Farbtöne Grellgelb und Grellrot abrundende Vollendung. Beigesteuert werden sie vom Quelle-Fundgrube-Preisschild, das mir seine Rückseite entgegenkehrt mit der bekannten Multiple-Choice-Liste:

Vorführgerät
Kleine Schönheitsfehler
Gerät aus Vorkatalogen
Mietkauf-Rücknahme-Gerät

Und was ist angekreuzt? – Richtig: »Kleine Schönheitsfehler«.

☆
1.
TEIL:
NACH
DEM
FEST
IST VOR
DEM FEST
DIE VOR-
WEIHNACHTS-
ZEIT

Wiedersehen im Advent

Felix Jentsch

Die erste Erfahrung prägt. Verläuft sie erfolgreich, macht das zuversichtlich. Nicht wenige verbringen fortan viel Zeit beim Versuch, das Erlebte erneut zu kosten. Zwar ist das unmöglich, denn nichts schmeckt je wieder neu, aber die Erinnerung an den Genuss dieses ersten Moments hält viele für den Rest ihres Lebens davon ab, die Hoffnung darauf zu verlieren.

Ebenso folgenschwer kann es sein, wenn die Ersterfahrung in schlechter Erinnerung bleibt. Ich weiß, wovon ich spreche. Als ich dreizehn Jahre alt war, setzte sich im Ferienreisebus nach Hause neben mich ein attraktives Mädchen. Wir fuhren eben aus Plauen heraus. Zum ersten Mal wurde mir da bewusst, dass ich nun ein Alter erreicht hatte, in dem ich die Anziehungskraft meiner Nächsten vom eigenen Leib angezeigt bekommen würde. Es war mir nicht nur unangenehm, dass ich es spürte, als das erblühende Fräulein an meiner Seite laut verkündete, sie habe sich bewusst neben mich gesetzt – mein Name fiel laut und deutlich –, weil es ihr eben gefiele, sich neben mich – wieder hörte ich meinen Namen – zu setzen. Um uns herum waren genug ältere Jungs. Zu denen hätte sie gehen können, wenn sie gewollt hätte. Das hatte sie auch getan, vorher nämlich, denn die Fahrt dauerte schon ein paar halbe Stunden. Doch nun war die

Reihe an mir. Mir selbst wäre es nie in den Sinn gekommen, dass ausgerechnet sie mich einmal auf diese Weise wahrnehmen würde, ganz zwanglos von der Seite eben. Keinen Gedanken hätte ich für diesen Traum verschwendet, so unerreichbar schien er mir. Und das machte mich sprachlos und stolz. Warm lächelnd blickte ich die Schöne neben mir von Zeit zu Zeit an. Mit weichen Augen. Ansonsten blieb ich still und genoss es, ihr einstweilen erwählter Beisitzer zu sein. Als wir beinahe angekommen waren, flüsterte sie mir etwas ins Ohr: »Tut mir leid, wenn du dir jetzt irgendwie Hoffnung machst oder so, weil ich mich neben dich gesetzt habe und so. Ich wollte nur die andern 'n bisschen ärgern, weil die manchmal 'n bisschen scheiße zu mir sind, echt so. Also denk jetzt nicht sonst was, ja. Das heißt aber nicht, dass ich dich scheiße finde oder so. Du bist einfach nicht mein Typ. So.« Ein letztes Mal sagte sie meinen Namen.

Ich blieb damals unverändert ruhig. Äußerlich. Doch innen war ich ein anderer geworden. Bis heute habe ich es nie gewagt, ein Mädchen anzusprechen, und wenn es mir noch so gefiel. Mir fällt dann sofort immer die Busfahrt ein, und dann fehlen mir die Worte. – So einfach zerstört man ein Leben. Ihren Namen konnte ich nie vergessen, ich weiß, wie sie aussieht, für immer.

Ich habe sie wiedergesehen. Auf dem Weihnachtsmarkt. Keine zehn Meter entfernt. Mein Gesicht war geschminkt. Ich trug einen seidenen Turban und ein buntes Kostüm, woran Glasperlen im Adventskerzenlicht glühweinrot funkelten. Mein Alter betrug inzwischen einundzwanzig Jahre. Nachdem mein unvorbereiteter Blick auf sie gefallen war, breitete sich in meinem Bauch eine rasende unbehagliche Bitterkeit aus. Es fiel mir plötzlich unsäglich schwer, mich auf meine studentische Nebentätigkeit zu konzentrieren. Seit einiger Zeit half ich nämlich auf verschiedenen Jahr- und Wochenmärkten in »Alibabas Wunderzelt« aus. Ein richtiges Kuriositätenkabinett war das. Drinnen konnte man den Plunder bewundern, der sich zwischen 1981 und 1991 im Arbeitskreis »Fremde Länder« in einem Raum des Hauses der Pioniere am Malchower Weg in Berlin-Hohenschönhausen angesammelt hatte.

Als ich selbst noch Jungpionier war und mich meine Eltern zwangen, einer ergiebigen Freizeitbeschäftigung nachzugehen, baute ich, um einer sportlichen Vereinszugehörigkeit vorzubeugen, den Kontakt zu den FDJ-Pädagogen René Farbeck und Matthias Basch auf. Ich verstand mich gut mit ihnen. Beide gestalteten einmal wöchentlich in eben jenem Haus der Pioniere den »Nachmittag der anderen Völker«. Je nach Thema spielten wir mit hölzernen Würfeln, tranken Erdbeertee aus Schälchen, aßen Maisbrot und Baumwollkrapfen oder tanzten zu indischer Sitarmusik.

Von den Dienstreisen befreundeter Parteileute staubten Renni und Matze, wie wir Pioniere sie nennen durften, immer außergewöhnliche Einzelstücke ab: einen Papierkorb aus Nashornhuf, einen ausgestopften Gavial, einen Mohren aus Elfenbein, lackierte Ohrlöffel aus China, getrocknete Hirschkäfer aus Kasachstan und vieles mehr. Auch ausgesprochen gruslige Artefakte waren darunter, zum Beispiel ein kubanischer Schrumpfkopf oder ein konservierter Brüllaffenembryo aus Chile. Dieser Kram diente bei den allwöchentlichen Völkernachmittagen zur Ausdehnung unserer Weisheit. Nach der Wende wurde das Pionierhaus wieder seinem rechtmäßigen Eigentümer übertragen. Die Räumlichkeiten wurden geräumt. Da Matze und Renni wegen ihrer Agitationsarbeit für den Unrechtsstaat Schwierigkeiten hatten, einen Arbeitgeber zu finden, packten sie all die merkwürdigen Gegenstände des ehemaligen »AK Fremde Länder« ein, bastelten daraus die Requisiten für ihre Rummelbude und machten sich selbständig. Mit »Alibabas Wunderzelt« tingeln sie seitdem von einem Straßenfest zum nächsten. Und wenn ich Zeit hatte, half ich den beiden mit meinen bescheidenen Kräften.

Während René seine Zuschauer durch die Ausstellung verstörender Zeugnisse exotischer Tabus führt, erklärt Matthias den Regenzauber und verkauft selbstgebastelte Voodoo-Marionetten. Mein Platz ist für gewöhnlich am Einlass. Ich bin als Fakir verkleidet und biete auch an, interessierten Menschen mit Hilfe meines magischen Quartetts die Zukunft vorauszusagen. Das fällt mir nicht schwer. Es gibt einen einfachen Leitfaden, an den man sich halten muss: Keine schlimmen Prophezeiungen, keine Details. Am besten man sagt, dass sich eine bedeutende Veränderung im Leben ankündigt. Sie hat etwas mit den Farben Blau und Orange zu tun. Wenn man dazu noch sagt: »Ich sehe, dass Sie schon einiges in Ihrem Leben durchmachen mussten«, glaubt einem jeder.

In dieser Aufmachung also, als indischer Wahrsager, habe ich es am 3. Advent des Jahres 2000 wiedergesehen: das Mädchen aus dem Bus. Sie war in Begleitung. Ihre Erscheinung flimmerte vor meinen Augen wie die sinkende Sonne am Kilimandscharo. Sie kamen näher. »Willste mal ausprobieren?«, neckte der Fremde meine Bekannte. Sie schien zu zögern. »Was kost'n einmal Zukunft?«, fragte er mich.

Ich wies stumm auf das Preisschild und begann automatisch, meine Karten zu mischen.

»Habbich noch nie, glaubich nich dran, wollnwa nich weiter Dirk, bitte?!« – Schau an, Dirk heißt er. Ist also das erste Mal für sie, wie interessant, meldete mir mein Gehör. Ich vermied es, aufzublicken. Dirk war offenbar ein erfahrener Gentleman, der wusste, dass Frauen »doch« meinen, wenn sie »nein« sagen. Er warf das Geld in die Schale und sprach dazu: »Sag uns, was es wird, Zigeunerlaus!«

Ganz langsam hob ich den Kopf. Als mein Blickfeld auf Bauchhöhe meiner Kunden angelangt war, entdeckte ich den Grund für des Dirkes eigentümliche Bitte. Im Leib seiner Freundin reifte offenbar Nachwuchs heran. Jetzt sollte ich wohl raten, in welcher Farbe das Kinderzimmer zu streichen sei. Sollte ich, dem jene zitternde Mutter in spe einst mit ihrer dummen Bemerkung für alle Zeiten den Mut geraubt hatte, sich einen Partner für die eigene Fortpflanzung zu verschaffen, nun noch dafür sorgen, dass sie …? Klar, es war Advent, die Zeit der Liebe, des Vergebens. Zeit für kleine Aufmerksamkeiten. Hätte ich nicht ebenso ein kleines Präsent verdient? Und könnte ich mir mein Geschenk nicht gleich hier an Ort und Stelle selber machen? Es brauchte doch ebenfalls nur eine kleine dumme Bemerkung zu sein, ein einziger Satz, mehr nicht. Nun war es an mir, für eine prägende Erfahrung zu sorgen. Ich legte die Karten aus und atmete tief.

»Und, was is nu?«, fragte Dirk. Seine Stimme klang fordernd. Fordernd und ein wenig bange. Unter meinem Turban juckte es. Um uns herum klingelten Glöckchen. Ein Kinderchor besang den leise rieselnden Schnee. In der Ferne heulte die Sirene der Losbude – freie Auswahl. Ich riss meine Stirn nach oben und schaute dem fröstelnden Pärchen direkt in die Augen. Linkes Auge – Dirk, rechtes Auge – sie. Die Nase dazwischen. Kondensdampf quoll aus meinem Mund.

»Na los, wird's jetzt?!«, rief mir der geschorene Bube mit dem silbergrauen ALPHA-Anorak zu. Nun lag deutlich Panik in seinem Ton. Doch ich antwortete nicht. Ich stierte die beiden nur weiter an und öffnete dann weit meine Augen! Dazu ließ ich meine Unterlippe beben. Vier, fünf Sekunden. Bis ich schließlich all meine Kraft darauf verwendete, mysteriös zu stottern: »Nichts, nichts! Ich, es tut mir leid, ich sehe nichts. Da ist nichts! Oh mein Gott! Bitte gehen Sie jetzt! Bitte, nehmen Sie Ihr Geld und gehen Sie! Es ist nichts. Ich habe damit nichts zu tun! Ohmeingott, ohmeingott, ohmeingott!« Und dann sprang ich auf, dass Stuhl und Tisch und Karten umstürzten. Ich paddelte mit den Händen durch die eisige Luft, bekreuzigte mich, küsste hastig den gläsernen Talisman um meinem Hals, raunte unverständliche Formeln und verschwand am Ende im Dunkel des Zelts, wo ich in der Eile den Bottich mit dem »größten Fuß der Welt« umstieß. Durch eine Ritze auf der Rückwand entwich ich ins Freie und rannte davon.

Nie habe ich erfahren, wie der Tumult zu Ende ging, den ich vom Zaune brach. War meine Rache geglückt? René und Matthias haben mich nicht wieder angerufen. Längst muss ich mir auf weit demütigendere Weise meinen Unterhalt verdienen. Ich verrate nicht womit. Aber ich beginne mein tägliches Geschäft jeden Tag hundert Mal mit dem Satz »Schönen guten Tag …«.

Und trotzdem fühle ich mich seit jenem Weihnachtserlebnis wie von einem Fluch erlöst. Und es wird nur noch eine Frage der Zeit sein, bis ich mich wage, mir eine Frau zu suchen. Ich bin sicher, dass es klappen wird, denn ich bin geheilt. Wer weiß, vielleicht ist es heute so weit. Oh ja, ich fühle es. Heute sprech ich eine an, ich freue mich schon. Bis gleich, mein Schatz.

☆
1.
TEIL:
NACH
DEM
FEST
IST VOR
DEM FEST
DIE VOR-
WEIHNACHTS-
ZEIT

Bastelzeit

Hinark Husen

Morgens um halb zehn in der Kita. Tom, fünf Jahre, guckt etwas verlegen aus der Wäsche. Er hat zu Hause geweint, hatte seine Mutter erzählt, denn er sollte den Stern spielen in der Weihnachtsaufführung, den Stern, der sich ans Fenster setzt und Blumen und Blätter malt. Aber er will nicht den Stern spielen, da hat er keine Lust zu, während die anderen »Schneeflöckchen Weißröckchen« singen. Das hätte er uns auch ruhig sagen können, aber er ist lieber zu Hause weinend zusammengebrochen. Und seine Mutter hat ihn auch nicht weiter genötigt. Sie weiß, was es heißt, im Fokus der Öffentlichkeit zu stehen – als Moderatorin irgendeines Magazins auf Phoenix oder n-tv oder so. Vielleicht hat sie ja auch so ein Schneeflöckchen-Trauma aus ihrer eigenen Kita-Zeit und sublimiert das durch ihre journalistische Tätigkeit, man will es gar nicht so genau wissen.

Noch eine Woche bis zur Aufführung. Wir müssen den Stern also umbesetzen. Kein Problem: Es gibt andere, die können und wollen. Dann spielt Tom eben das Blümelein, das zugedeckt wird, dann wird er auch nicht mehr gesehen. Ich hätte Lust, ihm ein bisschen verdorrtes Laub als Kopfschmuck zu basteln, bevor er sich unter die Schneedecke legt, aber das wird vielleicht falsch verstanden. Und gebastelt wird ohnehin zu viel.

Die Kollegin müht sich gerade ab, die Requisiten für die Fensterstrophe zu basteln. Und ich kann gar nicht glauben, was ich da sehe. Immer wiederkehrend dieses Stöhnen, was man nicht noch alles erledigen muss neben den permanenten Beobachtungen und dem Protokollieren, den Verschriftlichungen und den Elterngesprächen, nein, dann auch noch die ganzen Kostüme und alles andere! Und jetzt hat sie für einen einzigen Satz aus dem Schneeflöckchen-Lied ein Haus gebastelt – aus einem Karton, in dem schätzungsweise ein Ford Transit geliefert wurde. Gerade klebt sie die fertig gewordenen roten Dachziegel, jeder einzeln von Kinderhand rot angetuscht, mit der Klebepistole auf das vorgefertigte Rohbaudach. Keine Frage, es sieht hübsch aus.

Ich stelle mich trotzdem mal mit verschränkten Armen daneben und schau ein bisschen skeptisch aus der Wäsche. Nach zehn Minuten Ziegelkleben bemerkt sie meinen skeptischen Blick und fragt, ob etwas nicht in Ordnung sei.

»Aber hallo ist was nicht in Ordnung«, erwidere ich. »Du hast komplett die Dämmung vergessen!«

Sie schaut mich orientierungslos an.

»Ja, weißt du«, erkläre ich ihr schonungslos, »das ist ein Neubau, der wird dir ohne Dämmschutz gar nicht genehmigt! Da gehören Styroporplatten vor und nicht einfach Wasserfarbenrauputz. Da werden dir die Eltern gleich auf die Barrikaden steigen, wenn sie das sehen! Wir sind hier doch nicht im Wedding! Da kann so'n Haus vielleicht durchgehen, aber wir sind hier im Prenzlauer Berg! Das sind alles Architekten und per se Renovierungsexperten, da kannst du doch kein Haus ohne Dämmschutz auf die Bühne stellen! Und was erst die Kinder daraus lernen! Heizen wie blöde zum Fenster raus, was da wohl der CO_2-Fußstapfen dazu sagt! Das kriegen die ja nie im Leben wieder ins rechte Lot. Wozu haben wir denn die ganzen Styroporplatten hier überall rumliegen, die kann man da doch wohl noch eben drankleben. Die sollen es doch drinnen warm haben in der neuen Bude, die ohnehin mindestens zehn Euro pro Quadratmeter kostet, da darf doch nicht am Einfachsten gespart werden!«

Ich schimpfe noch eine Weile so vor mich her und hin, und sie hört sich das alles sehr genau, fast liebevoll, an – ist halt auch Erzieherin und kann einen ausreden lassen.

Und dann fragt sie ganz einfach, ob ich ihr erklären könne, wie der Stern sich ans Fenster setzen soll und Blumen und Blätter malen kann bei optimaler Isolierung. Dafür brauche man Altbau und Einfachverglasung, sonst kriegt man da keine Muster an die Scheibe, und das wisse hier schließlich auch jeder.

Die Kinder aus der Gruppe unterbrechen das Ziegelbemalen und schauen mich vorwurfsvoll an. Und dann sagt Leo, das sei ja auch ein nostalgisches Lied, und man müsse das aus dem historischen Kontext heraus verstehen.

Ich sage nichts mehr. Ich setze mich einfach an einen viel zu kleinen Tisch und fange an zu basteln, und zwar einen sehr hässlichen, verrottenden Blumenkranz im historischen Kontext, dieser Tom wird sich noch wundern …

Weihnachtsgeschenke für die Eltern

Sebastian Lehmann

Eltern haben schon alles. Sie brauchen nichts mehr. Sie sind alt und zufrieden. Es sind ja schließlich Eltern. Sie haben schon alles erreicht im Leben: gearbeitet, Kinder großgezogen, ihr eigenes Geld verdient und es ausgegeben. Das alles habe ich noch nicht gemacht. Also, Geld ausgegeben natürlich schon, ziemlich viel sogar, schließlich tippe ich diesen Text gerade auf meinem neuen MacBook Air, hach, da klingelt auch noch mein neues Samsung Galaxy Nexus i9250 … Aber das war ja nicht mein eigenes Geld, sondern das meiner Eltern. Trotzdem muss ich ihnen natürlich jedes Jahr irgendetwas zu Weihnachten schenken. Das ist eigentlich ziemlich paradox: Erst schenken mir meine Eltern ihr Geld, und dann muss ich dieses Geld nehmen und davon wiederum ihnen Geschenke kaufen.

Das ist ein wenig so wie gerade in Griechenland: Erst schenken Deutschland und die anderen Euro-Länder den Griechen ganz viel Geld, dann dürfen die davon aber ihren Bürgern nicht Renten oder Sozialleistungen auszahlen, sondern müssen es gleich wieder den deutschen Banken überweisen, denen sie ja noch so viel Geld schulden. Im Prinzip sind meine Eltern genauso neoliberal wie die Europäische Zentralbank!

»Mama und Papa«, habe ich also letztes Jahr unter dem Weihnachtsbaum gesagt, »dieses Jahr schenke ich euch nichts, ihr könnt mir einfach im Januar zehn Euro weniger überweisen und euch davon was Schönes kaufen oder ein Eis essen gehen. Na, wie ist das? Außerdem bin ich gegen eure neoliberale Sparpolitik, vielmehr müssen Nachfrage und Kaufkraft angekurbelt werden. Ich schlage also vor, ihr verdoppelt eurerseits mein Weihnachtsgeschenkgeld.«

Das fanden meine Eltern aber nicht so lustig. Und als ich im Januar auf meinen Kontoauszug schaute, waren statt der monatlichen Sofortrente, die meine Eltern mir sonst überweisen, nur zehn Euro auf meinem Konto. Am nächsten Tag bekam ich auch noch eine Postkarte von den Malediven, auf der nur stand: »Das Eis schmeckt gut hier, danke für dein liebes Weihnachtsgeschenk. Kuss, Mama und Papa.«

Das wiederum fand ich nicht so lustig, deswegen mache ich mir dieses Jahr schon früh Gedanken über ein passendes Geschenk für meine Eltern. Schließlich kann ich ihnen ja nicht wie früher einfach ein selbstgemaltes Bild schenken. Ich hatte so ab 25 auch das Gefühl, sie freuten sich nicht mehr so richtig über meine Bilder. An meinem 27. Geburtstag meinten sie schließlich, sie würden jetzt kein Kindergeld mehr für mich bekommen, ich sei also theoretisch gar nicht mehr ihr Kind, da bräuchten sie auch nicht mehr so zu tun, als würden ihnen meine blöden Bilder gefallen.

Dieses Jahr schreibe ich also erst mal eine Liste mit möglichen Weihnachtsgeschenkideen für meine Eltern.

1. Ein gemeinsames Abendessen mit ihrem Sohn (ich) in ihrem Lieblingsrestaurant.

Vorteil: Ich bekomme auch mal was Gutes zu essen.

Nachteil: Wenn der Kellner die Rechnung bringt, muss ich meinen Eltern irgendwie beibringen, dass zwar von einem gemeinsamen Abendessen mit ihrem Sohn (ich) die Rede war, aber nicht davon, dass dieser Sohn (ich) auch die Rechnung bezahlt.

2. Ein Gutschein für ein Wochenende bei mir in Berlin mit einem abendlichen Besuch einer Theatervorführung.

Vorteil: Im Theater muss man still sein, und mein Vater kann mir nicht die ganze Zeit vorhalten, dass er mich immer noch unterstützen muss.

Nachteil: Meine Eltern kommen nach Berlin.

3. Mein eigenes Buch.

Vorteil: Ich muss kein Buch bezahlen, ich habe von der ersten Auflage (2000 Stück) ja noch 1998 bei mir zu Hause rumliegen.

Nachteil: Sie haben es schon gelesen. Wer soll sonst die einzigen beiden Exemplare gekauft haben?

4. Sie dürfen endlich meine Freundin kennenlernen.

Vorteile: Kostet mich nichts, ich muss nicht dabei sein, und meine Mutter ruft nicht mehr jeden Tag an und fragt, wann sie endlich meine Freundin kennenlernen dürfe.

Nachteil: Meine Freundin hat mich gestern verlassen, als ich ihr gesagt habe, ich wolle sie an meine Eltern verschenken.

5. Einen netten und erfolgreichen Sohn. (Das sagt mein Vater jedes Jahr, wenn ich ihn frage, was er gerne zu Weihnachten von mir geschenkt bekommen würde.)

Vorteil: Ich müsste endlich meinen Eltern nichts mehr schenken, denn sie haben jetzt ja einen anderen Sohn.

Nachteil: Sie könnten das falsch verstehen, außerdem hat mein Lesebühnenkollege Marc-Uwe Kling schon eigene Eltern.

Jetzt fällt mir nichts mehr ein. Ich gebe es auf. Das ist doch alles nichts für meine Eltern.

Also gehe ich halt doch zu Thalia und kaufe meinen Eltern ein Buch. Da kann man wenigstens nichts falsch machen, über ein Buch freut sich schließlich jeder. Vielleicht ja ein Ratgeber oder so was. In der Seniorenabteilung finde ich auch sofort etwas Passendes, das Buch heißt: »Selbständig altern. Oder: Wege aus der Demenz, ohne seinen Kindern auf die Nerven zu fallen«.

Jetzt kann ich Weihnachten endlich total entspannt entgegenschauen.

☆
1.
TEIL:
NACH
DEM
FEST
IST VOR
DEM FEST
DIE VOR-
WEIHNACHTS-
ZEIT

Nikolaus

Mareike Barmeier

An der S-Bahn-Station Prenzlauer Allee steht ein Weihnachtsmann und versucht, Abos der *Berliner Zeitung* an den Mann zu bringen. Sein Bart sieht richtig scheiße aus, wie selbst gemacht. Aber ohne Liebe. Der Bart sieht aus, als ob er versucht hätte, ihn aus einer halben Packung Watte und Klebstoff zusammenzubasteln. Aber er hätte eine ganze Packung Watte nehmen sollen, denke ich. Der Bart ist nämlich ausgeleiert. Und rauchen sollte der Weihnachtsmann besser nicht. Der Bart ist nicht nur ausgeleiert, sondern rund um den Mund auch nikotingelb.

»Berliner Zeitung«, nuschelt der Weihnachtsmann durch seinen hässlichen Bart, als ich vorbeilaufe. »Die Zeitung nehme ich gern«, sage ich. »Aber ohne Abo.«

»Na, ausnahmsweise, weil heute Nikolaus ist«, erwidert der Weihnachtsmann mürrisch und fängt schrecklich an zu husten.

»Stellt dir eigentlich die *Berliner Zeitung* den Bart?«, frage ich, dankbar für die Zeitung ohne das übliche Abo-Gelaber. Der Weihnachtsmann schüttelt den Kopf.

»Oder hast du ihn selbst gemacht?«, füge ich interessiert hinzu. Das Husten ist inzwischen in ein verschleimtes Röcheln übergegangen. Er war nett zu mir, denke ich, deshalb bin ich jetzt nett zu ihm und sage einfach die Wahrheit über seinen Bart: »Du hättest besser eine ganze Packung Watte nehmen sollen«, meine ich.

»Der Bart ist echt«, antwortet der Weihnachtsmann.

Ich hasse saisonale Verkleidung, besonders wenn sie ohne Liebe gemacht ist. An der Supermarktkasse heute Morgen saß ein junger Mann, der sich wahrscheinlich als Rudolph verkleiden wollte. Aber es hat nicht funktioniert. Das Einzige, was er dafür getan hat, war, sich ein Plüschgeweih aufzusetzen. Er hatte nicht einmal seine Nase rot angemalt. Deshalb habe ich sein Geweih auch keines Blickes gewürdigt. Obwohl er versucht hat, wie ein Rentier zu gucken, glaube ich.

Während ich in die S-Bahn einsteige, wähle ich die Nummer meines Freundes. Nach fünfmaligem Läuten hebt er ab.

»Hallo«, sage ich.

»Hallo«, antwortet er.

»Total gut, dass du anrufst, ich wollte mir gerade einen runterholen«, sagt er.

»Ach so«, sage ich. Oh Gott, wie peinlich, denke ich.

»Ach so«, sage ich noch einmal ganz schnell und hoffe, dass er die Peinlichkeit nicht bemerkt. Sonst denkt er am Ende, ich wäre verklemmt.

»Ach so«, meint er, und ich bin sicher, dass er es gemerkt hat.

»Na, wie wär's?«, fragt er.

Oh nein, denke ich. Das ist der Moment, vor dem ich mich gefürchtet habe. Der Moment, in dem ich von meinem Freund zum Telefonsex aufgefordert werde. Bis jetzt ist mir das zum Glück noch nie passiert.

Jetzt ist es so weit. Mein Freund und ich sind noch nicht lange zusammen. Ungefähr sechs Wochen, und auf gar keinen Fall möchte ich mir die Blöße geben, dass mir das unangenehm sein könnte.

»Äh, wie meinst du das?«, frage ich.

»Na ja«, sagt er. »Vielleicht können wir das gemeinsam machen.«

»Hehe«, sage ich.

»Keine Lust?«, fragt er, und ich weiß, wenn ich nein sage, ist er enttäuscht und vielleicht wird das nichts mehr mit uns, und das wäre schade, denke ich. Vielleicht wird das aber auch nichts mit uns, wenn wir es machen, sagt eine innere Stimme. Ich entscheide mich, nicht auf die innere Stimme zu hören, und sage: »Klar … große Lust.«

»Ich auch«, sagt er mit verführerischer Stimme.

»Hehe«, sage ich.

»Na, ich bin schon nackt«, sagt er. »Und geil.«

In dem Moment wird mir klar, dass ich in der S42 Richtung Südkreuz sitze. Neben mir ein Mann mittleren Alters mit Alkoholfahne und vor mir zwei Teenager, die ihre Köpfe über ihren Handys zusammenstecken.

»Äh, ich hab noch alles an«, sage ich.

»Klar«, sagt er, »aber das kann man ändern. Was hättest du an, wenn du jetzt bei mir zu Hause wärst?«

»Äh, Unterhose«, sage ich. Der Mann mit Alkoholfahne schaut mich mit rot geränderten Augen an.

»Das kannst du besser«, sagt mein Freund.

»Rote Unterhose?«, meine ich.

Der Mann mit Alkoholfahne neben mir hebt eine Augenbraue und schaut mich etwas interessierter an. Ich lächle gequält. Gerade habe ich mir eine saisonale Verkleidung ausgesucht, auch ohne Liebe.

»Also gut«, sagt mein Freund. »Rote Unterhose. Ich streiche mir über meine nackte, haarlose Brust«, sagt er.

»Ich auch«, sage ich.

»Ach, das kannst du besser«, sagt er.

»Ich sitze in der S-Bahn«, erwidere ich.

»Na und«, sagt er. »Weiß doch keiner, wovon du sprichst. Außerdem ist das geil, mit Zuhörern und so.«

»Okay«, sage ich. »Ich werde ganz heiß«, fahre ich fort und fange furchtbar an zu schwitzen. Die beiden Teenager kichern.

»Ich küsse dich überall«, sage ich, von plötzlichem Mut gepackt. Der Mann mit Alkoholfahne rückt etwas näher an mich heran, und ich sehe, dass er ein sehr dreckiges Ohr hat.

»Ah, wohin küsst du mich?«, fragt mein Freund.

»Deine haarlose Brust?«, sage ich.

»Okay?«, meint mein Freund.

»Auf der Innenseite deiner Oberschenkel?«, frage ich.

»Hm, das ist schon besser«, sagt er.

»Igitt«, sagt einer der Teenager und steht auf. Der Mann mit Alkoholfahne hat kein dreckiges Ohr, sondern er scheint eine Entzündung zu haben. Irgendetwas sickert aus dem Ohr heraus. Mir wird ein bisschen übel.

»Und, wirst du schon feucht?«, fragt mein Freund.

»Na ja«, sage ich und schaue auf das Ohr des Mannes mit der Alkoholfahne neben mir. »Ja.«

»Und ich beiße dir deine rote Unterhose mit den Zähnen auf«, flüstert mein Freund wollüstig in den Telefonhörer.

Oh Gott, ist das peinlich, denke ich. Der Mann mit dem entzündeten Ohr tut mir leid, und ich nicke ihm zu.

»Hm, hm«, sage ich.

Der Mann mit der Alkoholfahne und dem entzündeten Ohr hustet. »Was ist denn das?«, fragt mein Freund.

»Ich bin so aufgeregt«, sage ich. Ich denke an die halbe Packung Watte, die der Weihnachtsmann an der S-Bahn-Station Prenzlauer Allee nicht für seinen hässlichen Bart genutzt hat, der angeblich echt war. Der Mann mit dem entzündeten Ohr könnte die Watte gut gebrauchen. Watte ist unterbewertet, denke ich. Wann benutzt man schon Watte?

»Meine Knie werden weich«, sagt mein Freund.

»Wie Watte«, sage ich.

»Gesundbrunnen«, sagt die Stimme aus dem Lautsprecher. Die beiden Teenager fliehen.

»Ah, du im Gesundbrunnencenter, bekleidet nur mit einer roten, zerfetzten Unterhose«, sagt mein Freund.

Oh nein, denke ich in einem fort, wie peinlich.

»Ich kann das nicht mehr«, sage ich leise. Der Mann mit der Alkoholfahne und dem entzündeten Ohr dreht sich zu mir um: »Was?«, fragt er.

»Ich kann das nicht mehr«, sage ich zu ihm.

»Willst du ein Bier?«, fragt mich der Mann mit Alkoholfahne und dem entzündeten Ohr und reicht mir sein halbleeres Bier. Ich nehme es dankend entgegen und einen tiefen Zug. Das Bier sieht plötzlich halb voll aus.

Es gibt zwei Möglichkeiten: Entweder ich höre auf, dann macht mein Freund bestimmt Schluss, oder wir bringen das schnell zu Ende.

»Ich hab heute Morgen ein Stück Gurke zum Frühstück gegessen, das nach Mundgeruch geschmeckt hat«, sagt der Mann mit Alkoholfahne. »Jetzt ist mir übel.«

»Ich stecke meinen Finger tief rein«, sage ich und stecke meinen Finger in den Flaschenhals.

»So ist's richtig«, sagt mein Freund.

»Schön glitschig«, meine ich. Ich höre meinen Freund stöhnen, und der Mann mit der Alkoholfahne und dem entzündeten Ohr dreht sich angewidert von mir weg und rülpst.

Jetzt komm schon, denke ich und trinke das Bier in einem Zug leer.

Ich denke an den Weihnachtsmann mit dem hässlichen Bart, mein Freund stöhnt am anderen Ende des Telefons weiter, und der Mann mit Alkoholfahne kotzt mir vor die Füße.

☆
1.
TEIL:
NACH
DEM
FEST
IST VOR
DEM FEST
DIE VOR-
WEIHNACHTS-
ZEIT

Die Geschenke sind eigentlich jedes Jahr das Schlimmste

Andreas »Spider« Krenzke

Die Geschenke sind eigentlich jedes Jahr das Schlimmste. Nicht die Gans, die meine Frau in der Röhre austrocknen lässt. Nicht die Musik, nicht die Dekorationen in den Fenstern, nicht die Wessis, die immer »an Weihnachten« sagen und schreiben. Nein, am schlimmsten sind die Geschenke.

Die Kalender, die die Große und die Mittlere immer basteln zum Beispiel. Ich sage immer: »Die sind so schön, die nimmt Papa mit ins Büro, damit er sie immer sieht.« In Wirklichkeit führt der Weg ins Büro an der blauen Papiertonne vorbei. In Wirklichkeit hat Papa im Büro einen Titten-Kalender und denkt auch nicht daran, sich vor den Kollegen mit dem Geschmiere seiner missratenen Blagen lächerlich zu machen. Oder die Krawatten, die mir meine Frau immer schenkt. Du kennst das, Kumpel. Vorletztes Jahr haben sie zusammengelegt, meine Frau, ihre Geschwister und meine Schwiegereltern. Sie haben mir eine Jahreskarte eines Fitnesscenters geschenkt, einer Muckibude, einer Pumpstation. Ich Idiot bin sogar hingegangen, dienstags und donnerstags, weil der Kleine da immer Geige übt. Zwei Fliegen mit einer Klappe, dachte ich, ich verpasse die Katzenmusik und werde schlanker. Wir hatten damals diese neue Praktikantin im Büro. Ich hatte mich also sogar gefreut, über das Scheiß-Kraftstudio. Obwohl mir hätte klar sein müssen: Ein Weihnachtsgeschenk ist ein Weihnachtsgeschenk ist ein Weihnachtsgeschenk. Aus Kacke kann man keine Bonbons machen. Aber ich bin ja blöde. Ich da also jedes Mal hin dienstags und donnerstags. Es passiert aber nichts. Ich bleibe, wie ich bin. Nix Muskelaufbau. Und mein Bauch gehört mir, nach wie vor. Und dann heißt es auch noch, der kleine Paganini macht solche Fortschritte, der muss jetzt jeden Tag Geige üben. Komisch bloß, dass ich die nicht höre, die Fortschritte. Wo hat denn dieser Geigenlehrer seine Ohren, frage ich mich. Der hatte seine Ohren mang den Titten von meiner Frau. Ich wusste das aber natürlich nicht, weil ich war ja trainieren. Mittlerweile ja sogar jeden Tag, wegen unserem kleinen Hegedüs, unserem Teufelsgeiger. Mann, war ich blöd. Ich hätte in der Zeit schön in den Puff gehen können oder wenigstens in die Kneipe, aber ich: immer schön Training. Und vor dem Studio, da hockt immer so ein Typ rum und bettelt. Ich hab dem nie was gegeben. Aber dann, als der Advent anfing, letztes Jahr, da ist mein Herz ganz weich geworden. Ich hab mir versucht auszumalen, was für einen Dreck ich wohl dieses Jahr geschenkt bekomme, und da ist von dem ganzen Selbstmitleid auch noch was für den Bettler vor dem Kraftstudio übrig geblieben, ein bisschen Mitleid. Ich gebe dem also einen Zehner. Und der Typ grinst so und sagt:

»Weil du mir etwas gibst, will ich dir auch etwas geben. Du musst wissen, dass ich früher mal Wissenschaftler war. Sportwissenschaftler. Aber ich habe meine Karriere schon vor langer Zeit aufgegeben, wegen Drogen. Das war, nachdem ich herausbekommen hatte, dass mich mein Geigenlehrer mit meiner Frau betrog. Aber egal, das sind alte Geschichten. Aber du, wie lange kommst du schon hierher zum Training? Fast ein Jahr, stimmt's? Und du kommst jeden Tag, nicht wahr? Und, hat es was gebracht? Nein! Und ich sage dir, warum. Ich erzähle dir jetzt das bestgehütete Geheimnis der ganzen Sportbranche: Man kann nicht trainieren. Training funktioniert nicht. Niemand verbessert seine Leistungen durch Training. Das ist ein Mythos. Das wird immer behauptet, weil es ein riesiges Geschäft ist, weil damit Geld gemacht wird, viel Geld. Ich weiß, was du fragen willst. Es gibt gute Sportler, Spitzensportler, na klar. Aber die haben alle Talent. Ein talentierter Sportler ist von vorneherein schnell, stark oder geschickt. Das ist angeboren. Bei solchen ist Training eigentlich überflüssig. Sie können schon alles. Und bei untalentierten, wie bei dir, ist es auch überflüssig. Das ist wie bei, na zum Beispiel, wie bei Geige. Da ist es auch so. Aber man verkauft den Menschen eben den Traum von der persönlichen Entwicklung. Eine Illusion, aber eine, für die viele nur allzu gern viel bezahlen. Mir ist das eigentlich egal. Mich interessiert das nicht mehr. Ich meditiere viel, da wird so was unwichtig. Aber dir erzähle ich das. Weil du mir etwas gegeben hast, habe ich dir etwas gegeben.«

Na, schöne Scheiße, denke ich, wenn der Typ recht hat, dann war das letzte Weihnachtsgeschenk ja wohl mal wieder so richtig die Oberscheiße. Und ich geh also nicht rein ins Fitnesscenter, sondern nach Hause. Und da platze ich rein, genau als der feine Herr Musikpädagoge meine Frau durchgeigt. Da bin ich ausgerastet. Und jetzt bin ich hier. Ich bleib hier auch noch voraussichtlich elf Jahre. Ich hoffe, wir vertragen uns gut. Du darfst den Kalender da in der Ecke ruhig zum Arsch abwischen nehmen. Den haben die Große und die Mittlere gebastelt. Du weißt ja, die Geschenke sind jedes Jahr das Schlimmste. Ist ja bald wieder so weit. Nimm dir ein Stück von dem Stollen, Kumpel, und erzähl mal! Warum bist du hier? Warum haben sie dich eingebuchtet?

☆
1.
TEIL:
NACH
DEM
FEST
IST VOR
DEM FEST
DIE VOR-
WEIHNACHTS-
ZEIT

Feiern mit Ken – Shave me Baby, on more time

Insa Kohler

Es ist kurz vor Weihnachten, und ich sitze im Keller meines Elternhauses. Wie jedes Jahr. Wenn ich im Dezember nach Hause komme, wird hier aufgeräumt und entrümpelt. Auch wenn ich schon vor Jahren ausgezogen bin, der Keller ist noch immer voll mit Spielzeug, von dem ich mich einfach nicht trennen kann. Dieses Jahr fällt mir plötzlich ein Mann in die Arme. Er ist ungefähr zwanzig Zentimeter groß, aus Plastik, heißt Ken und sieht so aus, als hätte er die beste Zeit seines Lebens schon hinter sich. Sein Haar steht ihm zu Berge, und er trägt einen Vollbart. Letzteres ist nichts Neues.

Nur die wenigsten wissen heute noch, dass Ken Mitte der neunziger Jahre Bartträger war. Und: Man konnte ihn rasieren. *Shaving Fun Ken* hatte eine braune Farbe am Kinn, die man abwischen konnte, und nach einiger Zeit kam sie wieder. Bart eben. Irgendjemand bei Mattel dachte wohl, kleine Kinder hätten Spaß daran, den Freund ihrer Barbie zu rasieren. Der Weihnachtsmann dachte das auch von mir, und so lag *Shaving Fun Ken* eines Heiligabends unterm Tannenbaum. Unrasiert und in buntem Geschenkpapier verpackt, zusammen mit einer für Ken kniehohen, blauen Tube, gefüllt mit »Rasierschaum, 32ml, ©1994 Mattel, Inc.«.

Ken trägt ein grün-weiß-schwarz-blau gestreiftes Kapuzen-T-Shirt, Bermudashorts aus Jeans und weiße Socken in seinen schwarzen Schuhen. Wer hat dieses Outfit verbrochen? Barbie? Na ja, was soll man auch von dem Geschmack einer »Frau« halten, deren Häuser, Möbel, Jeeps, Pferdetransporter, Teller und Tassen allesamt pink sind? Aus den Stoffresten von Kens Outfit hat man ihm einen Rucksack genäht. Darin befinden sich ein Sonnenschutz, eine Thermoskanne und eine Frisbeescheibe. Alles aus demselben blauen Plastik wie die Flasche mit dem Rasierschaum. Außerdem besitzt Ken einen Miniaturrasierer und eine kleine Bürste für sein Echthaar.

Mit dem Rasierschaum und dem Miniaturrasierer sollte man diese Puppe laut Werbung tatsächlich rasieren können.

Den *Shaving Fun Ken*-Werbeclip aus den Neunzigern kann man noch heute bei YouTube sehen. Er zeigt zwei Ken anschmachtende achtjährige Mädchen, während eine Frauenstimme Folgendes singt:

Who is a cool guy in town,
we all think he's great.
It's shaving fun, Ken!
He's the cutest guy around,
let's shave him for a date.
Shave him really clean.
Isn't he the hottest guy you have ever seen?

Ja, geht so. Was dagegen nicht ging, was nie funktioniert hat, war die Ken-Rasur. Meine Barbiepuppe hatte immer einen vollbärtigen Freund, weil ich es nicht hingekriegt habe, den Mann zu rasieren. »Beard disappears with warm water«, sagt die Werbung. Nee, *tat er nicht*. Was ist das auch für ein realitätsverzerrender Quatsch? Stell dir mal vor, du steigst mit 'nem Typen in einen Whirlpool, und eine Minute später ist der so haarlos wie 'ne Nacktschnecke. Das kann man doch naiven Kindern nicht vermitteln. Die müssen doch auch etwas lernen können von ihrem Spielzeug.

Der Bart meiner Kenpuppe jedenfalls stellte sich als so permanent heraus wie seine Unterhose. Sosehr ich mich damals auch bemühte, der Bart blieb dran. Nur Kens Kopf wurde irgendwann locker.

Vielleicht war ich als Kind auch einfach zu dämlich, denke ich jetzt und fasse einen festen Entschluss: Wir werden Ken rasieren. Gemeinsam kriegen wir das hin. Ich erstelle bei Facebook die Veranstaltung: »Shave me baby, one more time«. Das führt erst zu ein paar Missverständnissen, aber letztendlich kommen alle eingeladenen Freundinnen und zwei schwule Freunde.

An einem Samstagabend kurz vor Heiligabend sitzen wir alle wieder in unserer Heimatstadt und spielen mit Barbiepuppen. Nur dass jetzt ein paar Flaschen Rotwein mit im Spiel sind. Wir trinken, lachen, quatschen und kommen schließlich endlich zum Highlight des Abends: Ken rasieren.

Jeder darf mal ran. Ken wird durchgereicht. Wir versuchen es zuerst mit dem mitgelieferten, neunzehn Jahre alten Rasierschaum. Der erinnert in seiner weißen, gubbeligen Konsistenz an etwas anderes … und funktioniert nicht. Auch neuer Rasierschaum hilft nicht weiter. Gut, dann eben warmes Wasser. Mehrere Zeigefinger rubbeln Ken über das Gesicht, der wackelige Kopf droht ganz abzuknicken. Doch der Bart bleibt dran. Heißes Wasser. Mit dem Misserfolg wächst die Frustration. Wir halten Kens Kopf unter den heißen Wasserstrahl. Dafür ziehen wir ihm sein grün-weiß-schwarz-blau gestreiftes Kapuzen-T-Shirt über den Kopf und bewundern kurz sein Plastik-Sixpack. Keine und keiner von uns hat einen Freund, der so aussieht. Beim Hose ausziehen lachen wir wieder einmal über Kens Permanentunterhose und sind froh, dass keine und keiner von uns einen Freund hat, der so aussieht. Ken hat – das werden viele aus ihrer Kindheit wissen – weder Nippel noch Bauchnabel und keinerlei Anzeichen von Genitalien.

Plötzlich bekomme ich Mitleid. Dieser Mann kann seine Männlichkeit *nur* durch seinen Bart ausdrücken, und wir wollen ihm gerade sein bestes Stück nehmen, es abrasieren. Das bringe ich nicht über mich. Schließlich ist Weihnachten. Ich lasse den Mini-Rasierpinsel sinken und streiche Ken über sein Echthaar.

Am Ende können Kinder doch noch etwas lernen von diesem *Shaving Fun Ken*, der sich einfach nicht rasieren lässt. Mir fallen zwei Dinge ein, die diese Puppe vermittelt.

Erstens: Dieser Mann hält nicht, was er verspricht. Und damit ist er nicht der Einzige. Gewöhnt euch am besten früh dran, Kinder. Auch Ken und Barbie sind nicht perfekt. Jeder hat so seine Fehler, und ein aufgemalter Bart ist da gar nicht mal das Schlimmste.

Zweitens: Man macht sich das Leben viel leichter, wenn man nicht ständig versucht, andere Menschen zu ändern, sondern sie einfach so nimmt, wie sie sind. Egal ob mit oder ohne Bart, ob mit oder ohne Permanentunterhose.

Ist im Grunde nicht jeder Mensch ein Weihnachtsgeschenk? Da kann man im Vorfeld noch so kräftig schütteln und horchen. Bei manchen freut man sich, wenn man hineinguckt, bei anderen ist man enttäuscht, weil nur Scheiße drin ist, in wieder anderen stecken verschluckbare Kleinteile, und man muss sich erst was zusammenbasteln. So ist das eben.

Am nächsten Morgen setze ich Ken mit seinen Habseligkeiten zurück in einen Karton im Keller. In einem Jahr werden wir uns dort wiedersehen. Ich kann mich nicht von ihm trennen, gerade weil er so schön unperfekt ist. Und irgendwie habe ich auch eine Schwäche für Männer mit Bärten … besonders zu Weihnachten.

☆
1.
TEIL:
NACH
DEM
FEST
IST VOR
DEM FEST
DIE VOR-
WEIHNACHTS-
ZEIT

Der Koffer

Sarah Hakenberg

Heute ist der 23. Dezember, und ich habe immer noch kein Weihnachtsgeschenk für meinen Vater. Mist.

Die Interessen meines Vaters beschränken sich auf Zeitung lesen und Chips essen. Meine Mutter hat mir und meinen Geschwistern inzwischen verboten, ihm weitere Zeitungsabos zu schenken, seit sich das *Spandauer Volksblatt*, der *Rixdorfer Generalanzeiger* und die *Steglitzer Stimme* in der Badewanne stapeln. Party-Chips-Tonnen lässt meine Mutter nun auch nicht mehr durchgehen, da mein Vater aufgrund des hohen Cholesterinspiegels einen dicken Hals bekommen hat und seinen Kopf nicht mehr nach links bewegen kann.

In einem kurzen Anflug von Originalität beschließe ich, etwas für ihn zu basteln. Das fand er doch früher auch immer so schön. In meinem Sekretär finde ich ein Foto von meinem Vater in Badehose am Strand. Ich schneide ihn aus dem Sand heraus, male ihm mit Tipp-Ex einen weißen Bart, klebe mit rotem Tonpapier einen Mantel um ihn herum und eine Mütze auf seinen Kopf. Mann, denke ich, der Weihnachtsmann-Papa ist aber schön geworden! Da wird er sich freuen. Auf die Rückseite schreibe ich: »Frohe Ostern, Papa!« Unglaublich, wie witzig ich manchmal sein kann.

Um mich von meiner kreativen Arbeit zu erholen, gehe ich ein bisschen spazieren und komme zufällig an einem kleinen Flohmarkt vorbei. Zwischen Geschirr und CDs entdecke ich ein Buch über den Regierenden Bürgermeister Wowereit. Unwillkürlich muss ich an diese alte Geschichte mit dem Foto denken …

Mein Vater war damals stolz mit der Zeitung in der Hand auf mich zugelaufen: »Hier, guck mal, guck mal, ich bin in der Zeitung!«

Auf dem Bild befand sich der Regierende Bürgermeister, lächelnd bei einer Kantinen-Einweihung.

»Papa«, hatte ich damals vorsichtig gesagt, »das bist nicht du. Das ist Klaus Wowereit.«

»Doch nicht das!«, rief er. »Hier!«, und deutete mit seinem Finger an Wowereits linkes Ohr. Und tatsächlich, hinter dem Ohr des Bürgermeisters kam beim genauen Hinsehen mein halber Vater zum Vorschein.

Ich kaufe das Buch als weiteres Weihnachtsgeschenk für fünfzig Cent und beschließe, auf den Abbildungen hinter jedes Wowi-Ohr einen kleinen Papa zu malen.

Am nächsten Stand finde ich eine Stehlampe. Auf dem goldenen Ständer prangt ein etwas verstaubter rosafarbener Schirm mit einem kleinen Loch. Eine Lampe ist ein tolles Geschenk, denke ich. Die kann mein Vater neben seinen Sessel stellen, und wenn er sie anknipst, hat er abends mehr Licht zum Zeitung lesen. Neben seinem Sessel steht zwar schon eine Lampe, aber zwei Lampen sind besser, falls eine mal ganz unerwartet kaputtgeht. Und falls meinen Vater das *Spandauer Volksblatt* doch mal langweilen sollte, kann er durch das kleine Loch in der Lampe durchgucken, wenn sich zum Beispiel eine Fliege im Lampenschirm verfangen hat; um sie zu beobachten. Das ist enorm praktisch, so ein Loch. Ansonsten kann er den Lampenschirm als Verkleidung an Fasching benutzen – falls er sich mal als Lampe verkleiden will. Ich kaufe die Lampe für drei Euro und freue mich.

Leider fällt der Lampenschirm beim Tragen ab, prallt auf dem Teer auf und reißt ein. Ein bisschen frustriert stelle ich die kaputte Lampe neben den nächsten Müllkorb und schlendere weiter an den Ständen entlang.

Ich entdecke einen schönen alten Koffer. Eigentlich ist ein Koffer ein noch tolleres Geschenk für meinen Vater als eine Lampe mit Loch. Er verreist zwar nicht, aber vielleicht liegt das nur daran, dass er keinen Koffer hat. Wenn ich ihm jetzt einen Koffer schenke, wird er bestimmt verreisen! Dann würde sich auch meine Mutter freuen, die bis jetzt immer allein verreisen musste. So hätte ich mal wieder alle froh gemacht. Ich kaufe den Koffer für einen Euro. Zwar hat er einen kleinen braunen Fleck, aber glücklicherweise finde ich heraus, dass man den Koffer nur umdrehen muss, und schon sieht man den Fleck gar nicht mehr.

Weil ich meinen gebastelten Weihnachtsmann-Papa in meiner kleinen Tasche mit mir herumtrage und sich sein Tonpapiermantel schon halb vom Foto gelöst hat, lege ich ihn schon mal in den Koffer und gehe beschwingt weiter.

Aber was ist das denn?! Ich bekomme Herzklopfen und muss mich kurzzeitig auf den Boden setzen, weil mir schwindelig wird vor Freude. Hurra, hurra, ich befinde mich wohl in meiner absoluten Glücksphase: An einem unauffälligen Eckstand entdecke ich einen schicken Totenkopf-Aufkleber, den ich für nur zwanzig Cent erstehe und auf den Fleck auf dem Koffer klebe. Stolz und glücklich zugleich trete ich meinen Heimweg an.

Als ich den Alexanderplatz überquere, macht der Koffer plötzlich ein komisches Krachgeräusch und stößt brutal gegen mein

Bein. Au!, denke ich. Schon rein gedanklich neige ich grundsätzlich zur Dramatik.

Der Tragegriff ist abgerissen. Einen Koffer ohne Tragegriff kann man natürlich unmöglich zum Reisen benutzen. Frustriert lasse ich den Koffer vor dem Roten Rathaus stehen, gehe nach Hause und weine ein bisschen.

Erst zu Hause fällt mir ein, dass ich vor lauter Verzweiflung völlig vergessen hatte, den Weihnachtsmann-Papa aus dem Koffer zu nehmen. Auch das noch. Schnaufend renne ich zurück zum Roten Rathaus. Dort scheint wohl gerade ein böser Verbrecher gefangen worden zu sein, denn ich komme an einer Menge Polizisten und Schaulustiger vorbei. Mitten vor dem Rathaus entdecke ich eine kreisförmige Absperrung aus Metallgittern, um die sich Hunderte von Menschen versammelt haben.

»Was ist denn da los?«, frage ich einen lustigen Schauer.

»Vermutlich ein Bombenattentat.«

Ich quetsche mich durch die Massen hindurch und entdecke den Bürgermeister, der auf einer Holzkiste steht und verzweifelt versucht, die aufgebrachte Menschenmenge zu beruhigen. In der Mitte der Absperrungen steht ganz unverkennbar das Weihnachtsgeschenk für meinen Vater: der Koffer!

Ich schleiche mich davon und freue mich auf den nächsten Tag. Und tatsächlich, gleich auf der ersten Seite der Zeitung prangt über einem Artikel die Überschrift »Weihnachtsmann verübt Schein-Attentat«. Ein Foto zeigt den Koffer, nach dessen Inhaber nun wegen fahrlässigen Verhaltens gefahndet wird. Als großes Foto daneben: Mein Vater (unerkannt versteckt hinter weißem Tipp-Ex-Bart und roter Tonpapier-Mütze), der vor dem Hintergrund der aufgeregten Menge ins Bild gehalten wird. Der gebastelte Mantel scheint das Attentat allerdings nicht überlebt zu haben, denn mein Weihnachtsmann-Papa trägt nur eine Badehose.

Endlich in der Zeitung, und dann auch noch ein so großes und schönes Bild! Wie wird sich mein Vater über dieses Geschenk freuen! Und wenn man ganz genau hinschaut, kann man sogar hinter seinem linken Ohr einen halben Bürgermeister entdecken.

☆
1.
TEIL:
NACH
DEM
FEST
IST VOR
DEM FEST
DIE VOR-
WEIHNACHTS-
ZEIT

Der Damaszener Christbaum

Michael-André Werner

Es war einmal, zu Weihnachten 2001, da bekam ich mein erstes Starterkit geschenkt: zehn Euro und dreiundzwanzig Cent in Münzen. Ich klatschte freudig in die Hände, denn nun musste ich auf Reisen nie wieder Geld tauschen, und ich fragte meine Frau voll Ungeduld: »Na, Südstern meines Lebens, wohin sollen uns im nächsten Jahr denn die Flügel unserer Reisepläne verschlagen?« Wir waren im Jahr zuvor in Wien gewesen und in Marseille, und mein Herz schlug höher in Erwartung, vielleicht wieder dorthin zu fahren oder mal nach Venedig oder vielleicht Rom …

»Weiß nicht«, entgegnete sie. »Wir waren lange nicht mehr in London …«

»London«, wiederholte ich tonlos, wohl wissend, dass sie dorten noch immer mit diesen komischen Pfunden zahlten. »Nach Paris oder Rom steht mir der Sinn …«

»Wir waren lange nicht mehr am Baltischen Meere«, meinte sie.

»Ja«, seufzte ich, »das Baltische Meer.«

Wir fuhren also an die Ostsee und sonnten uns, ohne Geld zu tauschen. Und auch unsere weiteren Abenteuer führten uns in den Harz, ins Fichtelgebirge und nach München.

»Warum treibt es dich eigentlich ständig ins Ausland?«, fragte mich meine Frau eines Abends, als ich nörgelte, weil wir immer in Deutschland blieben.

»Etwas anderes als unsere deutschen Euromünzen zu sehen, danach dürstet mich«, rief ich verzweifelt.

»Hier!« Sie drückte mir ein Geldstück in die Hand. »Hab ich vorhin im Zeitungsladen bekommen. Is 'ne Harfe drauf.«

Und dann erzählte sie mir, dass unsere Freundin Julia uns eingeladen hätte, sie zu Weihnachten zu besuchen. Julia kannte ich aus der Zeit, als ich noch in einer Bank gearbeitet hatte, die seitdem gesundgeschrumpft wurde, in ihre Bestandteile zerlegt, refusioniert, verkauft und die mehrfach pleiteging. Julia arbeitete in der Euro-Arbeitsgruppe, die dafür sorgte, dass die Bank »fit für den Euro« würde – Kassen mussten ausgemessen, Geldautomaten umgebaut und neues Spielgeld musste gedruckt werden. Julia verschwand in einer Sitzung – und wurde später für viele Jahre ins Ausland geschickt. Wir waren bei Julia in Barcelona gewesen. Barcelona im Winter, dachte ich, wunderbar, und flüsterte: »Barcelona.«

»Da ist sie ja nicht mehr …«, sagte meine Frau.

Ich musste schlucken. »Ach nein?« Mein Hals wurde trocken, meine Stimme rau und splissig: »Aber noch in Europa.«

»… sie ist doch jetzt in Damaskus …«

Damaskus. Es ratterte in meinem Kopf. Klang nach Historie, nach weit entfernt, so weit, dass man über den Rand der Erdscheibe hätte fallen können, wäre die Erde noch eine Scheibe wie früher.

»… in Syrien«, beendete sie ihren Satz.

Vier Tage vor dem Heiligen Abend erreichten wir Damaskus. Es war angenehm warm, und ich war sehr froh, nicht im Sommer gekommen zu sein. Julia hatte uns eingeladen, weil sie Weihnachten in der Fremde nicht allein begehen wollte – allein mit ihrer Katze und ihrem neuen Freund. Und da sie keinen Urlaub bekommen hatte, sprach eine kleine Stimme in ihrem Kopf: »Wenn ich nicht zum Weihnachten fahren kann, muss das Weihnachten eben zu mir kommen.« Dies war ihr Plan gewesen. In den sie niemanden eingeweiht hatte. Auch uns nicht. Sonst hätten wir etwas Weihnachtliches mitbringen können. Requisiten. Stollen etwa. Oder Baumschmuck. Oder einen Baum. Am 23. wurden wir gewahr, dass wir keinen Baum hatten. Oder ich wurde dessen gewahr, Julia wusste es bereits. Ich fragte, wann wir den Baum schmücken würden und womit, und sie fragte: »Was?«

»Wann wir …?«, begann ich erneut, doch Julia unterbrach mich mit: »Wir haben keinen Baum.«

Da brach meine Frau gut und effektvoll in Tränen aus und schaute vorwurfsvoll und jammerte und wehklagte, denn all dies hatte sie von ihrer Mutter gelernt und diese von ihrer und diese von ihrer, eine Kunstfertigkeit, die in der Familie meiner Frau von Generation zu Generation nur mündlich weitergegeben wurde. So war Julia überzeugt, dass wir doch einen Baum brauchten.

Zur Strafe schickte sie uns los, einen zu besorgen. Zu einer Gärtnerei, die sie kannte. Und da wir kein Arabisch konnten, gab sie uns ihren Freund mit: Und siehe, er war Spanier und konnte zwar auch kein Arabisch außer »Guten Tag«, »Auf Wiedersehen«, »Bitte« und »Danke«, doch war er eins achtzig groß, konnte einen Baum malen und hatte die Autoschlüssel.

Keine Stunde später standen wir in der Gärtnerei am Rande von Damaskus und fragten den bärtigen Gärtner nach einem Baum. Nach einem Weihnachtsbaum zu fragen, dies getrauten wir uns nicht, denn schauten wir nicht ohnehin schon uneinheimisch genug aus? Ja, das taten wir. Da mussten wir nicht auch noch zugeben, dass wir Christen waren. Oder ungläubige Gesellen, die dennoch eins der wichtigsten christlichen Feste feiern wollten. Der nette Gärtner zeigte uns Bäume, vor allem Palmen. Zuerst die großen. Wir fragten nach kleineren. Im Topf. Zum in die Wohnung stellen. Also zeigte er uns kleinere Bäume. Kleinere Palmen.

Ob er etwas ohne Blätter habe, fragten wir, mit Nadeln. Und wir malten ein Blatt auf einen Zettel, strichen es durch und zeichneten daneben einen Tannenzweig. Der alte Gärtner grübelte. Schnell zeichnete ich einen Tannenbaum daneben, auf dass er uns nicht seine Bürsten zeigte. Verständnis hellte seine Gesichtszüge auf, und er winkte uns in die hinterste Ecke seiner Gärtnerei, und ich war mir sicher, dass wir uns nun keine Gedanken mehr zu machen brauchten, ob wir morgen einen Tannenbaum hatten oder nicht, würden wir doch ganz sicher als Pflanzendünger in einer syrischen Gärtnerei in den Weltenkreislauf eingehen. Aber nein, siehe, an einer langen Wand standen ein paar grüne Pflanzen der nadligen Art, in Töpfen, unentschieden zwischen Baum und Busch, zum in die Wohnung stellen. Doch waren es keine Tannen. Es waren jene Pflanzen, von denen meine Großmutter immer genommen hatte, um Großvaters Grab zu bedecken, wenn grad keine Tanne günstig beim Händler verfügbar war: die Scheinzypresse.

Also kauften wir dem Gärtnersmann eine Scheinzypresse ab, wünschten ihm ein schönes Weihnachtsfest, was er aber glücklicherweise nicht verstand, da wir kein Arabisch konnten und er kein Deutsch, und brachten unsere Zypresse nach Hause.

Und wir stellten sie auf den Tisch in der Mitte des Wohnzimmers, schnibbelten mit Nagelscheren an ihr herum, auf dass sie eine weihnachtsbaumige Form bekam, und wir schmückten sie, wie noch nie eine Weihnachtsscheinzypresse geschmückt worden war: mit golden bemalten Falafeln und einer in Scheiben geschnittenen Karambola, die auch Sternfrucht geheißen wird, die wir zwischen die Zweige klemmten (denn die anderen erlaubten mir nicht, Ein- und Zwei-Euro-Stücke an Bindfäden in den Baum zu hängen – auch fehlte mir ein Bohrer, mit dem ich Löcher in die Münzen hätte bohren können). Und große Freude war bei uns.

Jedenfalls so lange, bis wir am Morgen des Heiligen Abends sahen, dass die Katze uns den Baum leer gefressen hatte.

☆
1.
TEIL:
NACH
DEM
FEST
IST VOR
DEM FEST
DIE VOR-
WEIHNACHTS-
ZEIT

Festtagsvorbereitung

Volker Surmann

Letztes Jahr, am 23. Dezember in der Kassenschlange bei Hugendubel am Hermannplatz. Vor mir kaufte eine Frau das Buch »Depressionen – mehr als nur ein Stimmungstief«. Donnerwetter, dachte ich, da bereitet sich jemand gründlich vor.

Mechanisch tütete der Mann an der Kasse das Buch ein und wünschte der Kundin »Fröhliche Feiertage«.

☆
1.
TEIL:
NACH
DEM
FEST
IST VOR
DEM FEST
DIE VOR-
WEIHNACHTS-
ZEIT

In drei Zügen schachmatt

Paul Bokowski

Als ich zwischen Bielefeld und Hamm aus einem unruhigen Schlaf gerissen werde, weil mir ein sechsjähriges Kind im Sitz gegenüber kleine Popelbällchen ins Gesicht schnippt, formiert sich eine alte Erkenntnis vor meinem irren Auge: »Du sollst nicht Bahn fahren.«

Dabei müsste mein inneres Auge, die alte Nervensäge, eigentlich wissen: Ich würde auch nicht, wenn ich nicht unbedingt müsste!

Schon schlimm genug, dass mich mein Job regelmäßig durch die Republik jagt. Da könnte ich urbaner Stubenhocker auf Feste wie Weihnachten und Ostern eigentlich ganz gut verzichten.

»Aber der Thomas von dem Michael und der Renate kommt doch auch!«, beschwert sich meine Mutter. »Und der ist grad in …« – Ich höre, wie sie den Finger über die alte Wandkarte im Arbeitszimmer meines Vaters wandern lässt. – »… Japan!«

Ist es nicht eine kaum von der Hand zu weisende Tatsache, dass die größte Unannehmlichkeit an Zugreisen die bunte Vielfalt an hochgradig nervtötenden Mitreisenden ist? Gerade zu christlichen Hochfesten? Tausende und Abertausende von Menschen, verwirrt, überrascht und überrumpelt von diesem sonderbaren Umstand, dass Heiligabend dieses Jahr schon wieder auf den 24. Dezember gefallen ist!

Da sich nur sehr selten der glückliche Umstand ergibt, sich auf einer besinnlichen Bahnreise zwischen Berlin und Düsseldorf ein Privatabteil mit einem Duisburger Verein taubstummer Briefmarkensammler zu teilen, folgen nun drei einfache Ratschläge, um sich in einem ICE der Deutschen Bahn ein bisschen Platz, Ruhe und Frieden zu erkämpfen – sogar zu Weihnachten.

1.) Die Körperpflege

In Berlin ist es seit den Anfängen des öffentlichen Nahverkehrs eine wohl gehegte Tradition, auf jedwede Art der Körperpflege gänzlich zu verzichten, um selbst zu Stoßzeiten einen kompletten U-Bahn-Waggon für sich alleine zu ergattern. Tatsächlich wurde die gesamte U-Bahn-Linie U8 konzipiert und gebaut, einzig und allein, um das übrige Streckennetz der Hauptstadt olfaktorisch zu entlasten. Bei einer Fernreise mit einem ICE der Deutschen Bahn jedoch ist unbedingt zu beachten, dass aufgrund der langen Verweildauer eine allzu mangelhafte Körperhygiene schnell zu einem Schnitt ins eigene Fleisch führen kann. Nutzen Sie die lange Reisezeit zwischen Tuttlingen und Bochum lieber, um Ihrem Körper die Aufmerksamkeit und Pflege zukommen zu lassen, die er verdient.

Wenn Ihr Gegenüber die hartgekochten Eier aus seinem Reiserucksack hervorkramt und Ihnen ein Gespräch über die Außenpolitik Israels aufzwingen will, ist genau der richtige Zeitpunkt gekommen, um mit dem Schneiden der eigenen Fußnägel zu beginnen. Sollten Sie sich auch von weiteren Mitreisenden in Ihrem erweiterten Umfeld gestört fühlen, ist eher ein Nagelknipser zu empfehlen. Auch eine Hornhautraspel sollte in keinem Reisegepäck fehlen. Sind Sie mit Ihrem Partner auf Reisen? Dann raspeln Sie sich doch einfach gegenseitig!

Keine falsche Scheu! Auch bei winterlicher Bekleidung sollten Sie sich Freiräume erkämpfen! Entkleiden Sie sich, geben Sie sich selbstsicher und freizügig! Nutzen Sie die Steckdose unter Ihrem Sitz, um Brust- und Rückenhaar zu trimmen. Vergessen Sie nicht, dass gerade im höheren Alter auch in Nase und Ohren gerodet werden muss. Kümmern Sie sich auch um Ihre Poren, um Ihr Nagelbett und die Flusen in Ihrem Bauchnabel.

Aber ich bitte Sie, mit welchem Ihrer Körperteile Sie sich auch beschäftigen: Vergessen Sie nie Ihre guten Manieren. Bieten Sie auch Ihrem Gegenüber an, seine oder ihre Zunge gleich mit abzuschaben, wo Sie schon mal dabei sind. Ihr Ziel sollte es sein, den kleinen Mülleimer neben Ihrem Sitz mit nichts anderem als körpereigenen Abfällen zu füllen. Sie werden dabei sicherlich vollkommen ungestört bleiben.

2.) Die Ernährung

Besonders in einem ICE, der kulinarische Metropolen wie Duisburg und Stendal miteinander verbindet, wird es schwer sein, durch ein selbst zusammengestelltes Lunchpaket genügend Ablehnung und Ekel zu erzeugen, um sich selbst einen freien Platz, geschweige denn eine komplette Vierersitzgruppe zu erstreiten. Die größte Konkurrenz geht dabei von den Zwiebelmettbrötchen hessischer Rentnergruppen und dem bahneigenen Cappuccino aus. Zudem stellt sich die nicht ganz unbegründete Frage, ob eine Lebensmittelvergiftung nicht ein etwas hoher Preis ist für einen Fensterplatz in Fahrtrichtung.

Ich persönlich habe die bisher besten Ergebnisse mit einer Thermoskanne lauwarmem Apfelsaft und dem gut sichtbar drapierten Achtzigerjahre-Bestseller »Urin – Ein ganz besonderer Saft« erzielt. Kleine, regelmäßige Schlucke und gelegentliches Gurgeln können im Ruhebereich eines Großraumabteils wahre Wunder bewirken.

Diese Methode ist besonders für Fahrgäste mit Konfirmandenbläschen geeignet. Dabei ist stets darauf zu achten, die Thermoskanne auch beim Toilettengang mit sich zu führen und alsbald, nach der Rückkehr zu seinem Sitzplatz, einen neuen tiefen Schluck zu nehmen.

3.) Die Perversion

Die größten Platzhirsche auf allen gängigen ICE-Strecken sind Mütter mit Kind. Ein Kollege aus dem Badischen empfahl mir unlängst, derartigen Mitreisenden durch massiven Alkoholgenuss beizukommen, dem sogenannten »Rheinischen Manöver«. Was bei Kölner Junggesellengruppen oder Wehrpflichtigen durchaus funktionieren mag, ist bei Menschen wie mir allerdings eine völlig sinnlose Taktik, da ich von Alkohol lediglich müde und sehr geruchsempfindlich werde. Was wiederum Mütter mit kackkonditionierten Kleinkindern sehr wohl auszunutzen wissen.

Außerdem habe ich bereits an Weihnachten 2006 erfolgreich eine Taktik erprobt, die seither zu meinem ständigen Begleiter, meinem Markenzeichen avanciert ist: Vor jeder noch so langen Reise erstehe ich am Bahnhof meiner Abfahrt das schmutzigste, expliziteste Erotikmagazin, das sich in den gut gefüllten Regalen finden lässt. Habe ich meinen potentiellen Sitzplatz erreicht und bin umgeben von rüstigen Rentnern, lautstark schwatzenden Hausfrauen, antiautoritär erziehenden Müttern und unaufhörlich telefonierenden Geschäftsmännern, beginne ich damit, mit einer roten Kinderschere alle primären und sekundären Geschlechtsmerkmale aus meinem Magazin herauszuschneiden, nach Größe, Geschlecht und Farbe zu sortieren und mit einem roten Pritt-Stift in ein kleines rotes Sammelheft zu kleben.

Meine treusorgende Mutter hatte die zweifelhafte Ehre, dieses Spektakel und seine Wirkung auf die anderen Mitreisenden ein einziges Mal mitzuerleben. Seitdem bekomme ich jedes Jahr zu Weihnachten, kurz bevor ich für ein paar Tage in die alte Heimat fahre, ein ganz besonderes Nikolausgeschenk: ein sehr, sehr schmutziges Erotikmagazin.

Weihnachten im Wedding

Heiko Werning

Es wird weihnachtlich im Berliner Wedding.

Im Vergleich zu früher allerdings sind die Zeichen nicht mehr so offensichtlich: Als ich im Oktober 1991 hierhergezogen bin, war die bald darauf einsetzende Weihnachtszeit ein erster echter Kulturschock. Ich komme aus Westfalen, einem Landstrich, in dem dezentes Auftreten großgeschrieben wird. Angesichts der allgegenwärtigen Prahlerei und des maximal lautstarken Herumramenterns heutzutage kommt es mir fast wie ein Bericht von einem fremden Planeten vor, was meine Mutter mir unlängst erzählte: Dass sie sich früher mal von meinem Vater zu Weihnachten einen Pelzmantel gewünscht habe. Irgendwann in den Siebzigern. Als Pelze noch nicht aus Tierschutzgründen sozial geächtet waren. Aber schon teuer. Darüber könne man grundsätzlich nachdenken, befand mein Vater, allerdings nur, wenn der Pelz ausschließlich innen in den Mantel eingearbeitet sei, damit niemand von außen sehen könne, dass sie mit etwas derart Kostspieligem herumlaufe. Das schicke sich nicht. Ich nehme an, dieser Gedankengang würde bei der heutigen Generation Maschmeyer-iPhone-Bohlen nur verständnisloses Kopfschütteln hervorrufen. Als mein Vater selbst sich einen neuen Wagen kaufte, achtete er peinlich darauf, die aktuelle Version des Vorgängermodells zu nehmen, damit es dem unachtsamen Beobachter gar nicht auffiel, dass er sein Gefährt upgegradet hatte. Man hatte Geld, zeigte es aber nicht so gerne herum.

Eine unaufdringliche Haltung, die sich auch im Weihnachtsschmuck zeigte. Öffentliche Tannenbäume wurden mit schlichten Leuchtkerzen geschmückt, dazu vielleicht noch Bänder oder Ketten in einer einzigen Farbe, beziehungsweise eben bevorzugt gar keiner Farbe, sondern in Weiß. Wenn's ganz wild wurde, auch mal ein gedecktes Rot. Das war's. Privater Häuserschmuck erschöpfte sich in heimelig scheinenden, unauffälligen, kleinen Lichterketten oder Leuchtpyramiden. Selbstredend in einfachem Glühbirnenweiß, konstant brennend.

Und dann der Wedding: In praktisch jedem Fenster hingen in allen Farben des nackten Entsetzens grellbunte, die Augen betäubende Leuchtkonstruktionen, Lichterketten, ganze Weihnachtsmänner samt Rentiergespanne, teils mannsgroß, die zudem infernalisch-hektisch blinkten, als seien sie direkt aus der Epileptiker-Hölle gekommen, um uns zu holen. Die Reeperbahn war ein Dreck dagegen. Hier hatte man kein Geld, zeigte es dafür aber umso lieber nach außen.

Hatte ich um die Weihnachtszeit Besuch aus der alten Heimat, händigte ich ihnen als Erstes Sonnenbrillen aus, damit sie sich optisch akklimatisieren konnten. Immerhin war es dafür besonders leicht, den Gästen die ehemalige Teilung der Stadt visuell nahezubringen. Eine Fahrt mit der neueröffneten Straßenbahnlinie über See- und Osloer Straße, und exakt mit Überquerung der Bösebrücke an der Bornholmer Straße war das Blinken verschwunden – im Prenzlauer Berg gab es damals praktisch keine in Fenstern aufgehängte Weihnachtsbeleuchtung, es war, als führe man nach einem Trip über den Strip von Las Vegas direkt raus in die dunkle Wüste.

Heute sind es nur noch letzte Widerstandsnester, die trotzig gegen die Entweihnachtung des öffentlichen Raumes anblinken. Die früher mal über den gesamten Verlauf der Müllerstraße angebrachten leuchtenden Weihnachtssterne sind schon seit ein paar Jahren verschwunden, nur der überdimensionale aufblasbare Weihnachtsmann auf dem Dach von Karstadt hält die Stellung. Alle paar Häuser sieht man noch eine Wohnung, aus der es in allen Spektralfarben zornig auf die Straße flackert, und ansonsten sind es vor allem die türkischen Restaurants, die ihre Schaufenster mit Sprühwatte winterlich schmücken und kleine Weihnachtsbäume mit goldenen Kugeln neben den Dönerspieß stellen.

Wer auch immer die absurde Idee hatte, dass muslimische Mitbürger sich durch die hiesigen Weihnachtsbräuche ausgegrenzt fühlen, dem empfehle ich mal einen vorweihnachtlichen Spaziergang durch den Wedding. In der Grundschulklasse meines Sohnes sind die einzigen Kinder, die bei den gemeinsamen (und absurd benannten) »Stillen Stunden« in der Adventszeit einigermaßen textsicher mehr als die erste Strophe heimischen Weihnachtsliedgutes vorsingen können, garantiert migrantischer Herkunft. Die Kinder von Berlinern oder von Zuzüglern aus anderen Teilen Deutschlands versuchen ungelenk mitzustottern, während ihre Eltern sich unbehaglich dabei winden und natürlich keines der Lieder wirklich können. Die Mutter von Mohammed, neben der ich bei der Abschlussveranstaltung vor den Weihnachtsferien saß, lugte jedenfalls mit mitleidigem Blick unter ihrem Kopftuch hervor und schob mir wortlos den Liederzettel zu, von dem ich kein Exemplar mehr abbekommen hatte, um dann selbst alle sechs Strophen von »Am Weihnachtsbaume die Lichter brennen« frei aus dem Kopf heraus inbrünstig mitzuschmettern, während ich einige Probleme hatte, Text und Noten zu einer vertretbaren Einheit zusammenzuführen.

»Und, wie verbringen Sie Weihnachten?«, fragte die türkischstämmige Friseurin, die mir meinen antizyklischen Kurzhaarschnitt kurz vor dem Fest besorgte, allerdings nicht etwa mich, sondern die ältere offensichtliche Weddinger Ureinwohnerin im Stuhl neben mir – dass ich für derartigen Small Talk nur bedingt geeignet bin, hatte sie instinktiv erkannt und versuchte es dankenswerterweise erst gar nicht. Es ist ein gutes Gefühl, mit Profis zusammenzuarbeiten. Die Alte dagegen sprang voll auf den Gesprächszug und erwiderte fröhlich: »Ach, weeßte, Mädchen, ick hab genug Schnaps im Haus, ick komm da schon durch.«

»Wie? Nicht so mit Familie und Weihnachtsbaum und so? Ist doch schön!«, verteidigte die Friseurin das Brauchtum, stieß damit aber auf Ungnade bei der Berlinerin: »Nee, ick bin froh, wenn ick die Mischpoke nicht sehen muss, ick sach denen immer, wir feiern schön jemütlich, wir zwei, so janz für uns.«

»Mit Ihrem Mann?«

»Ja, dit glooben die wirklich. Lustig, wa? Und freun sich, weil se glooben, wir kämen uns wieda näha oder so wat. Als ob ick den Ollen je wieder in die Hütte lassen würde! Ick bin ja heilfroh, dass ick'n endlich los bin.«

»Ach, also das wäre ja nichts für mich, bei uns kommt da die ganze Familie zusammen und …«, will die Friseurin ausführen, aber die Ur-Weddingerin weiß schon Bescheid: »Ja, so is das eben mit die Türken, ihr macht ja immer voll auf Familie und so, ist ja halt doch 'ne andere Kultur, wa? Ick bin froh, dass ick meen Schnappes hab, und dann kiek ick schön in Ruhe inne Glotze, und wenn da nur dit janze Weihnachtszeuch kommt, hab ick ja zum Glück noch de DVD-Sammlung vom Ollen, hat der ja nie jeregelt gekriegt, die mal abzuholen. So schön mit *Die Hard* und Bruce Willis und allet.«

»Ja, klingt auch gut«, zeigt sich die Friseurin flexibel.

Später kaufe ich noch ein paar Weihnachtsgeschenke bei Karstadt und beobachte einen alten Mann, der offenkundig verrückt ist. Denke ich. Wobei mich zu dieser Annahme ausschließlich bringt, dass er da allein auf der Sitzgruppe herumsitzt, bester Laune ist, lächelt und anderen Kunden, die sich in seiner Nähe niederlassen, ausgesucht freundlich zuraunt: »Ich wünsche den jungen Damen ein gesegnetes Weihnachtsfest!«

Erschrocken stehen die angesprochenen jungen Damen sofort wieder auf und machen sich eilig davon. Der Mann kichert, schaut glücklich in den Laden und wartet auf sein nächstes Opfer.

An der Kasse später höre ich das Gespräch der Angestellten, während ich abgefertigt werde: »Haste gesehen? Der Irre ist wieder da!«

»Ja, mindestens schon zum zehnten Mal heute. Aber kannste nichts machen.«

»Aber der verscheucht doch die Kunden.«

»Aber er macht ja nichts, der wünscht nur frohe Weihnachten.«

»Aber das verscheucht doch die Kunden.«

»Kannste nichts machen.«

»Nee, kannste nichts machen.«

Dann wendet sie sich wieder mir zu: »27,90 Euro, bitte.«

Beim Rausgehen mache ich noch einen Schlenker und gehe an der Sitzgruppe vorbei: »Ich wünsche Ihnen ein gesegnetes, gnadenreiches Fest, mein Herr«, strahlt der Alte mich mit einer angedeuteten Verbeugung von seinem Sessel aus an. »Herzlichen

Dank, Ihnen ebenso, und alles Gute für das kommende Jahr!«, erwidere ich ebenso freundlich und lächele ihm zu. Der Alte kichert und gluckst.

Auf dem Weg nach Hause bietet sich mir ein spektakuläres Naturschauspiel: Die Sonne versinkt hinter den Wolken genau über der Fluchtachse der hier streng von Ost nach West verlaufenden Seestraße und geht über dem Westhafen unter, wobei sie den Himmel in ein intensiv leuchtendes orangerotes Licht tüncht, vor dem sich dunkelgraue Wolken scharf absetzen, zwischen denen wiederum Sonnenlicht in flirrenden, vertikal gestreiften Säulen auf den Boden fällt. Ein fast unwirkliches Szenario. Vor diesem Hintergrund steht auf dem Mittelstreifen der Seestraße der Betreiber der Rockerkneipe mit seinem Kampfhund an der Leine, der gerade mal Groß muss und mit gespreizten Beinen in dieser gebückten Hündchenhaltung dahockt, während sein Besitzer ruhig danebensteht und an seiner Zigarette zieht. Vor der orange leuchtenden Kulisse sieht man sie als kräftig kontrastierende, dunkle Silhouetten, die von aus dem feuchten Boden dringenden Nebelschwaden umwabert werden. Dann bricht plötzlich eines dieser Sonnenlichtbündel direkt hinter den beiden neu zwischen den Wolken hervor. Herr und Hund vor Abendrot, rauchend und kackend. Ein Gemälde wie von Vermeer. Oder von Wolfgang Herrndorf. Ergriffen schaue ich zu ihnen herüber.

Als ich bei unserem Haus ankomme, ist es bereits fast dunkel. Ich trete in den Innenhof, schaue auf die Fensterfronten der umgebenden Häuser, nur aus dem Fenster von Akshat, unserem ehemaligen pakistanischen Hausmeister, blinkt erratisch ein Engel in Rot, Grün und Blau.

Nur noch drei Tage bis Weihnachten.

☆

2. Teil: Der Baum ist grün, und das Fest dauert drei Tage

DIE WEINACHTS-
ZEIT

☆
2.
TEIL:
DER
BAUM
IST GRÜN,
UND DAS FEST
DAUERT DREI TAGE
DIE
WEINACHTS-
ZEIT

Ladung Blautannen

Manfred Maurenbrecher

Die Fahrt war kein Spaß, der Anhänger schlecht verkoppelt, ein Schlingern bei jeder Bremsung, und die Ladung Blautannen da hinten nur notdürftig vertäut. Die Stämme schlugen nach links und rechts, sie kollerten schon bei der kleinsten Kurve.

Auch deshalb blieb Jan auf der Autobahn. An der Grenze hatte man ihn durchgewunken, erstaunlicherweise, sie machten jetzt wohl tatsächlich Ernst mit ihrem vereinten Europa, hatten nur mal kurz in seinen Papieren geblättert.

Er war darauf eingestellt gewesen, ihnen den ganzen Kram aufzubauen, Baum für Baum.

Keine Zigarettenstangen, nur ein Reservekanister Benzin für die Rückfahrt, kein Wodka, keine selbstgebrannten DVDs diesmal, nichts Verfängliches hatte er dabei.

Und jetzt sahen sich die Zöllner dieses Nichts nicht mal an.

Aber ihn hatte der Auftrag begeistert, so sehr, dass er ihn keinesfalls durch irgendwelche Nebengeschäfte in Gefahr bringen wollte. Sein Herz schlug froh, als er schnell durch die Schranken kam. Heut Abend in Halle, da würde er ein paar Stunden auf dem Beifahrersitz dösen, und bei Morgengrauen dann sofort auf den Marktplatz, die Bäume raus und die freie, für ihn reservierte Stelle mit seinen Blautannen vollladen, Preistafeln aufstellen, aus ein paar Kronen noch Extrabäumchen hacken, geknickte Ästchen entfernen … – Dann die Käufer erwarten.

Dreißig Blautannen nach Halle, bestellt für den Vormittag des 24.12., etwas Edles und Wertvolles ganz kurz vor Weihnachten, für die Unentschlossenen, die nach dem Frischen verlangten, dem Extravaganten im letzten Moment. Bestellt von Herrn Graue, dem örtlichen Baumhändler, der um die Marktgesetze wusste und scharf kalkulierte mit Überangebot, Rabatt und Mangel. Der natürlich einen Gewinn nicht garantieren konnte, aber es war doch ein Freundschaftsdienst gewesen, dass er Jan diesen Tipp gegeben hatte, dem kleinen Fuhrunternehmer aus Gorzow, er hätte auch andere Blautannen haben können, der Graue – nein. Er wollte sie partout aus dem Warthegau, der Gegend um das alte Landsberg. Jan kannte den Förster dort. Das war ein Zufall gewesen. Es hatte viel dunkles Bier gegeben an jenem Novemberabend, und sie hatten den Handel mit Handschlag besiegelt.

Vor ihm auf dem Berliner Ring war gerade eines der vornehmen Achtachser-Schiffe mit abgebranntem Reifen geschleudert und liegengeblieben. Belgisches Nummernschild. Ein ADAC-Fahrzeug und zwei Wannen sicherten es auf der Standspur. Jan nudelte sein Fenster runter.

»Was macht die Maut?«, rief er laut durch den Lärm.

Dieses Weihnachtsmusikgedudel – hörten die Deutschen im Radio nichts anderes mehr?

Sich das Geld zu leihen für die Holzfäller, den Hänger, das Benzin, das war ein Problem gewesen, und dass der Förster Vorkasse gewollt hatte – auch der Lkw gehörte nicht Jan, eigentlich war ja alles hier gepumpt, aber eigentlich alles auch demnächst seins, denn er würde wohlhabend aus der Sache herauskommen. Wenn es mit rechten Dingen zuging. Wenn nur die Hälfte von dem stimmte, was der Herr Graue vorgerechnet hatte. Jan hatte selbst die Preise für Weihnachtsbäume verglichen, in Berlin vor zwei Wochen – da waren zweihundert Prozent Gewinn dicke drin.

Er musste jetzt nur noch durchhalten. Sie hatten ein bisschen zu sehr gefeiert nach dem Beladen. Dann war der Vergaser hopsgegangen. Es hatte diesen Anruf gegeben, dass seine Mutter aus Lublin unterwegs sei, angereist zum Fest, er hatte es auf der Mailbox seines Handys nicht richtig verstanden. War sicherheitshalber gleich zum Bahnhof geeilt mit dem Taxi, sie war nirgends ausgestiegen, er hatte stattdessen dort jemand von früher getroffen, an den er sich nicht gern erinnerte, aber gut, das verkürzte das Warten. Das Warten war ziemlich lang geworden. Dann war er schweren Herzens wieder aufgebrochen, hatte den reparierten Lkw geholt, die Bäume schon drauf, war im Fahrerhäuschen eingenickt, ein paar Stunden, dann aber los.

Was für eine Fahrt durch die Nacht, aus den Bergen runter zum Fluss, mit der Dämmerung hinter ihm über die Grenze.

Ihm fehlte ein wenig Schlaf.

Jetzt südlich von Berlin in die Berge. Über Landstraßen wäre es Luftlinie kürzer gewesen, er hätte die blöden Bäume nur besser vertäuen müssen, dann wäre er jetzt schon da. Könnte sich ein kleines Zimmerchen gönnen. Auf Vorschuss sozusagen. Mit diesen wunderbaren siebenunddreißig Fernsehprogrammen, die sie in deutschen Hotels immer haben. Einen Repeater fürs WLAN sollte er mitbringen, für den Förster von Gorzow, das durfte er nicht vergessen. Immer noch Weihnachtslieder im Radio und kein Verkehr. Wo waren sie mit ihren Waren zum Endspurt auf den Konsumgipfel Weihnachten? Hatten sie gar nichts auszuliefern am Abend des Dreiundzwanzigsten? Manche zu Haus behaupteten ja, die Deutschen packten es nicht mehr länger, es ginge bergab – aber bestellte Weihnachtsbäume würden sie doch wohl noch brauchen …

Hier ging es außerdem bergauf, Jan glaubte, sein Auto wäre stehen geblieben, so langsam ruckelte es über die Höhen des Fleming. Dann schleuderte er seine Kiste ins Elbtal runter und sang gegen alles an, was da laut war in seinem Führerhaus und in seinem Kopf drinnen auch.

Bis die Autobahn doppelt vor ihm lag. Ein »Halle 28 km«-Schild wutschte rechts von ihm weg. Regen. Dunkelheit.

Diese Scheinwerfer brachten gar nichts.

»Ich werde«, sagte sich Jan, »in eine Parkbucht einbiegen. Will mich nur etwas strecken. So spar ich außerdem das Hotel. Morgen früh …«

Dass das Klohäuschen auf dem Rastplatz bunt leuchtete, überraschte ihn nicht. Die Deutschen hatten in ihrer starken Zeit viel Geld für Firlefanz ausgegeben, manchmal ganz wunderbaren, den man in Polen gut weiterverkaufen konnte. Dass es gar kein Klohäuschen war, was da neben den Rastbänken unter Birken stand, wunderte ihn dann doch. Ein Klowagen noch dahinter, und in dem Häuschen zwei Männer und eine Frau. Irgendwas war am Dampfen, es roch nach Glühwein, als Jan dran vorbeikam, und Kerzen flackerten.

Er ging aufs Klo.

»Hey, Kollege!«, rief einer der Männer, als wollte er ihn am Ärmel zupfen.

Den Verdacht, der ihm plötzlich kam, biss er weg wie einen bohrenden Zahnschmerz. Die Angst, die da plötzlich war, floss aus ihm wie die Pisse. Er fürchtete sich vor dem nächsten Schritt. Schon davor, sich die Hose hochzuziehen.

»O, du fröhliche …«, sangen die da draußen.

War er denn solch ein Idiot gewesen?

Einer, dem Zeit ganz egal ist? Keine Uhr um das Handgelenk, kein Gefühl für Tag oder Nacht?

»Wieso feiert ihr Weihnachten jetzt schon?!«, brüllte Jan, als er von dem Klowagen runterstapfte auf das bunte Hüttchen zu. Er schrie es ihnen entgegen.

»Was machen wir?«, fragte erschrocken der Mann, der ihn angesprochen hatte.

»Verarscht harmlose Reisende …«, keuchte Jan erschöpft und stand im Türrahmen.

So verführerisch, dieser Glühweingeruch.

Die Frau und die beiden Männer saßen dicht beieinander.

»… und euch selber doch auch.«

Er konnte nicht so schnell aufgeben. Musste an seine Blautannen denken. Daran, dass seine Mutter vielleicht jetzt noch am Bahnhof stand …

Was für ein Versager war er immer gewesen!

»Setz dich doch erst mal«, sagte die Frau, sie hatte hochgebundenes dunkles Haar und einen kecken Zug um den Mund. Schon reichte sie ihm ein Glas mit dem heißen Getränk.

»Es ist Heiligabend, stimmt's?«, fragte Jan nach dem ersten Schluck. Am wenigsten schlimm war das mit dem Repeater für den Förster, dachte er.

»Ja, es ist Heiligabend«, sagte die Frau. Sie trug an ihrer Oberlippe eine kleine Warze, die in dem Zwielicht der Bude schick wie ein Piercing aussah.

»Du hast Glück«, lachte sie, »klopfst nur an und bist bei den freundlichsten Menschen von Halle.«

»Ich freue mich, bei euch zu sein«, sagte Jan förmlich und riss sich zusammen, »aber dem Glück bin ich wohl davongefahren.«

»Oh ja, ich auch«, lachte der Mann, der noch nichts gesagt hatte. Und fiel gleich wieder in Schweigen.

»Ich bin vom Unglück weg«, sagte die Frau, als sie nachgeschenkt hatte. »Und das Glück ist hier, meine ich …«

Sie sah sich suchend um.

»Ich bin vom Unglück weg«, wiederholte sie. »Von meinem Typ, der allen nur blöde kommt und übel wünscht und sich selbst im Weg steht. Heute Morgen noch wollte er einen polnischen Geschäftsfreund hier auflaufen lassen, irgendwas verkaufen, wofür der keine Genehmigung hatte oder so … nur aus Gehässigkeit …«

Jan trank das zweite Glas in einem Zug.

»So was macht nie froh«, sagte der gesprächigere Mann.

»Nie«, wiederholte die Frau. »Der Typ aus Polen ist auch gar nicht gekommen. Hat wohl den Braten gerochen …«

»Schön hier, wo keiner ist«, sagte der stillere Mann.

Jetzt schwiegen die anderen.

»Aber auf Dauer kalt«, ergänzte die Frau und schlug sich die Arme um den Leib.

Jan zögerte. »Holz hab ich mit«, sagte er dann und goss sich ein drittes Glas ein. »Man muss nur ein bisschen dran sägen.«

»Ein Weihnachtsfeuer, wie schön!«, lachten da alle. Dann machten sie sich an die Arbeit.

☆
2.
TEIL:
DER
BAUM
IST GRÜN,
UND DAS FEST
DAUERT DREI TAGE
DIE
WEIHNACHTS-
ZEIT

Der Kühlschrank meiner Mutter

Jochen Reinecke

Menschen haben vor allen möglichen Sachen Angst. Manche haben Angst vor dem Zahnarzt, manche vor Krokodilen, wieder andere vor Dunkelheit, dem Finanzamt, vor Prüfungen oder dem Besteigen einer Weltraumsonde. Mich kann das alles nicht schocken. Eigentlich habe ich nur vor einem Angst: dem weihnachtlichen Kühlschrank meiner Eltern.

Ich weiß nicht genau, wann es anfängt. Wann man eklig wird. Alterseklig. Ich kann nur sagen, wann es bei meinen Eltern anfing. Das war Weihnachten 2006. Da besuchte ich meine Eltern in Westdeutschland und fand im Arbeitszimmer meiner Mutter einen toten Fisch. Einen ganzen, kompletten, filetierten Räucherlachs. Er war immerhin eingeschweißt in eine Plastikpackung.

»Was ist denn das?«, fragte ich erschrocken.

»Du magst doch so gerne Lachs«, hieß es.

Ich rekonstruierte. Meine Eltern hatten Anfang November diesen Lachs als Präsent eines von ihnen stammkundenartig frequentierten Reisebüros bekommen. »Bei +8 °C zu verbrauchen bis 10. Dezember«, hieß es auf der Folie. Wir schrieben mittlerweile den 26. Dezember, und im Arbeitszimmer meiner Eltern hatte es geringfügig mehr als 8 °C.

»Ach, der ist doch eingeschweißt«, sagte meine Mutter beschwichtigend. Außerdem sei das ja ein *Mindesthaltbarkeitsdatum.*

»Ist es nicht«, sagte ich. »Da steht ›zu verbrauchen bis‹.«

»Du musst ihn ja nicht essen«, sagte meine Mutter beleidigt, fraß in den nächsten Tagen das gesamte Tier mit meinem Vater alleine und bekam folgerichtig am Tag meiner Rückreise nach Berlin verdientermaßen einen Magen-Darm-Infekt, der sich gewaschen hatte. Das würde ihr eine Lehre sein. Dachte ich.

Weihnachten 2007 war meine Mutter besonders gut gelaunt. Dieses Jahr, so sagte sie, habe sie ganz besonders viel Zeit für mich, wenn ich schon aus dem fernen Berlin anreise. Sie habe das ganze Essen für die Feiertage schon vor Tagen, ja Wochen vorbereitet. Beides bereitete mir zur Überraschung große Sorgen und einiges Kopfzerbrechen.

Nachts, als sie schlief, inspizierte ich den Kühlschrank. Ich fand Eier, die laut Karton im Sommer abgelaufen waren. Fand saure Sahne, vermutlich die sauerste Sahne der ganzen Stadt, denn auch diese war seit mehr als einem halben Jahr abgelaufen. Fand abgelaufenen Joghurt, ja sogar abgelaufenen Scheiblettenkäse. Respekt, Respekt, dachte ich, Scheiblettenkäse ist so zugeballert mit Schmelzsalz und Konservierungsstoffen, dass diese Packung schon seit über zwei Jahren in diesem Kühlschrank liegen musste. Was ich hingegen nicht fand, waren die angedrohten, bereits vorbereiteten Speisen. Ich ging zur Kühltruhe: Tiefgefrorener eingepappter Iglo-Schnittlauch. Haufenweise Putenfleisch aus der Prä-Tschernobyl-Ära mit mitleiderregendem Gefrierbrand, ein paar Bofrost-Steaklets, eine Auftautorte – sonst nichts.

Viel zu spät, nämlich beim Essen, stellte ich fest, dass sie das

Essen, eine weit über die Stadtgrenzen hinaus bekannte und gefürchtete Hühnersuppe, auf der Terrasse geparkt hatte. Der Winter 2007 war ein warmer Winter. Es kam zu Magen-Darm-Infekten.

2008 feierte ich Weihnachten dann lieber ganz in Berlin und schickte meine Schwester vor. Sie trug eine mehrwöchige, meldepflichtige Salmonelleninfektion davon.

2009 musste ich wieder ran. Aber ich hatte vorgebaut. »Hey, Mutter, du machst dir immer so irre viel Arbeit, weißt du was, diesmal koche ich«, avisierte ich fernmündlich. Ich trug ihr lediglich auf, ein wenig Schnittlauch zu besorgen, für meine Salatsoße, alle anderen Lebensmittel würde ich selbst mitbringen. »Ach, Schnittlauch hab ich noch da«, tönte sie fröhlich am Telefon.

In der elterlichen Küche angekommen, fand ich tatsächlich Schnittlauch vor, es war der schon 2007 in der Kühltruhe vorgefundene tiefgefrorene, fertig vorgeschnittene Iglo-Schnittlauch. Er war vor zweieinhalb Jahren abgelaufen. Ich monierte dies, aber meine Mutter meinte, der sei ja tiefgefroren, sie habe ihn extra nicht in den normalen Kühlschrank getan. Meinen Hinweis, im normalen Kühlschrank würde tiefgefrorener Schnittlauch nach zweieinhalb Tagen aufs Widerwärtigste anfaulen, ließ sie nicht wirklich gelten.

Im Mai 2010 wurde meine Mutter siebzig. Sie lud größere Familienzusammenhänge nach Hause ein. Als Vorspeise gab es gekochten, erkalteten Spargel mit einer weißlichen Matsche bedeckt. Ich kostete vorsichtig. Eine existentielle Säuerlichkeit ging von dieser Soße aus. Eine fadenziehende Säuerlichkeit, die durch nichts zu erklären war. Bestimmt enthielt ein Tropfen dieser

Soße bis zu einer Milliarde Enterokokken, Kolibakterien und Salmonellen. Ich trank unverzüglich vier große Gläser Rotwein als Gegengift, währenddessen beobachtete ich die anderen Essenden. Stumm und unglücklich aßen sie die Spargelstücke um die Soße herum in sich hinein.

Als meine Mutter in die Küche ging, um nach den Kartoffeln zu sehen, sagte ich ins Rund: »Ich glaub, die Soße ist verdorben«.

»Nicht verdorben, nur geronnen«, sagte mein Cousin, ein stämmiger Finanzwirt, und wir alle lachten herzlich. Ich legte meine Papierserviette auf den Vorspeisenteller, umschloss mit einer geschickten Handbewegung die Spargel-Soßen-Matsche in der Serviette und knetete all dies zu einem dunkelblauen Ball, den ich unter den Tisch fallen ließ und später entsorgte.

Als Hauptspeise gab es wieder irgendwas mit Lachs und Maggi fix, glücklicherweise war diese Mahlzeit aber in einer feuerfesten Form mehr als zwei Stunden bei dreihundert Grad erhitzt worden, so dass zumindest keine bakteriologische Gefahr von ihr ausging. Nach der Feier waren etwa siebzig Prozent der Gäste erkrankt, nur wir Alkoholiker hatten es ohne Infekt überstanden.

Weihnachten 2011 kapitulierte ich. Es gab »Spanische Eier«, eine Speise, die ich als Teenager mal ganz gern gemocht hatte, eine typische Siebzigerjahre-Partyspeise. Man kocht sehr viele Eier hart, halbiert sie, entfernt den Dotter und püriert diesen unter eifriger Zugabe von Milch und Mayonnaise. In einer zweiten Schüssel rührt man Dosenthunfisch mit Ketchup an, füllt diese rotbraune Pampe in die Aushöhlungen der Eidotter, gruppiert etwa zwanzig dieser halben Eier in einer Schale, übergießt diese mit der Milch-Eigelb-Mayonnaise-Pampe und lässt all das eine halbe Stunde kalt im Kühlschrank ziehen.

Frisch, mit frischen Zutaten zubereitet, kann diese Mahlzeit tatsächlich schmecken. Nach Art des Hauses meiner Mutter hingegen, also vor Tagen zubereitet und wahlweise auf dem Dachboden, der Terrasse oder im Schlafzimmer aufbewahrt, würde diese Mahlzeit aufgrund der zahlreichen hochverderblichen Zutaten eine so massive gesundheitliche Gefährdung bedeuten, dass sogar der proaktive Konsum einer Flasche Fernet Branca nicht ausreichen würde, sie unbeschadet zu überstehen. Ich sagte meiner Mutter, dass ich diese Speise auf gar keinen Fall zu mir nähme, da ich nicht daran interessiert sei, mit unter vierzig Jahren zu sterben. Es traf sie hart.

2012 war ein Kinderspiel. Mutter hatte vom zweiten bis vierten Advent eine unerklärliche Magenverstimmung und konnte aus diesem Grund kein Essen vorbereiten. Unter Tränen gestand sie mir dies. Man müsse leider dieses Weihnachten das Essen aus einem nahe gelegenen Restaurant liefern lassen. Rückblickend muss ich sagen: Das war mein allerschönstes Weihnachten.

Die Kinder schmücken mit Mutti den Baum

Micha Ebeling

Wieder einmal ist Heiliger Abend geworden. Alle haben eine Vorfreude im Bauch – groß wie ein Sofakissen.

Der Vater, nicht faul, hatte einen nicht zu großen und aber auch nicht zu kleinen Tannebaum geklaut. Diesmal Fichte, sein Lieblingsphilosoph, da dieser einst in der Schweiz als Hauslehrer entlassen wurde, weil er die Ansicht vertrat, vor den Kindern müssten zuallererst einmal die Eltern erzogen werden. Das imponierte dem Vater.

Der schwere, gusseiserne Tannebaumständer, in den die Fichte gesteckt wurde, war gleichzeitig eine Spieluhr, die auf Knopfdruck »So viel Heimlichkeit in der Weihnachtszeit« als Musik machen konnte. Das hörte der Vater sehr gerne, denn er war ehrenamtlich lange bei der Stasi gewesen und hatte genau aufgepasst, wer im Viertel in den Gottesdienst ging und ob da auch Parteigenossen dabei waren. Oder, was fast noch schlimmer war, wer seine Kinder bei diesem gegen die DDR gerichteten Hetzdrama, genannt »Krippenspiel«, mitmachen ließ. Aber das war lange vorbei, inzwischen rief er lediglich bei der GEZ an, wenn in die Studentenbude im vierten Stock ein neuer Mieter einzog. Alles hatte der Vater schon zurechtgelegt. Die Christbaumkugeln, die Schokokringel, das Lametta. Er hatte Engelshaar und Watte gekauft. Die blinkende Glasspitze für die Baumkrone, die er einmal aus einem Urlaub in Böhmen mitgebracht hatte, war poliert. Es gab Strohsterne, Papierfigürchen und kleine Schokoladenweihnachtsmänner. Dort drüben in der Schachtel lagen Kerzenhalter und bunte Duftkerzen bereit. In einem anderen Karton befanden sich Gummi-NVA-Soldaten, kleine Plastepanzer, die selbstgebastelten MiG-21-Modelle, kleine DDR- und UdSSR-Fähnchen, Handgranaten aus Marzipan, glitzernde MG-Munition, an die er selbst kleine Ösen zum Aufhängen gelötet hatte und schließlich eine völlig zerlegte Kalaschnikow, deren Einzelteile in Weihnachtspapier eingewickelt waren. Wie jedes Jahr würde er mit der Stoppuhr messen, welches seiner Kinder die Soldatenbraut am schnellsten für die Sicherung des Friedens einsatzbereit zu machen verstand. Ein zufriedenes Lächeln umspielte die Lippen des Vaters, als er selig seine Schätze betrachtete. Nun konnte es losgehen, und er öffnete eine nigelnagelneue Schachtel mit Bleilametta. Da stürmten seine Kinder herein. Georg, Simone und Torsten. Ihre Anfangsbuchstaben ergaben die Abkürzung GST. Das war damals in der DDR die Gesellschaft für Sport und Technik, in der er lange aktiv war, und wo er so manches Mädchen und so manchen Buben davon überzeugen konnte, auch ein wenig Augen und Ohren offen zu halten.

Als die Kinder sahen, dass der Vater beginnen wollte, den Baum zu schmücken, riefen sie wie aus einem Munde: »Wir wollen aber den Baum mit Mutti schmücken!«

»Ach, Kinder«, sagte der Vater, »jetzt habe ich doch hier alles schon so schön aufgebaut. Vielleicht nächstes Jahr wieder.«

»Aber nein, Vater«, hartnäckten die Kinder, »wir wollen aber den Weihnachtsbaum mit Mutti schmücken!«

Nun war aber der Vater seinen Kindern ein liebevoller Vater, das sei an dieser Stelle deutlich gesagt, weil doch der Vater bislang in der Geschichte nicht so gut weggekommen ist.

»Na gut«, lenkte der Vater darum auch ein. »Na gut, wenn ihr unbedingt wollt.«

Er gab ihnen den Kellerschlüssel. Dort stand der große Gefrierschrank. Die Kinder stürmten in den Keller, holten die Tüten und Tupperdosen und begannen, alles auszupacken. Dann machten sie sich daran, den Weihnachtsbaum mit Mutti zu schmücken. Sie war im Sommer vor zwei Jahren verstorben, und da der Mann wusste, wie sehr seine Kinder an ihrer Mutter hingen, hatte er sie von einem alten Kameraden der Kampfgruppe, einem Arzt, ordnungsgemäß zerlegen und konservieren lassen. Stolz sah der Vater zu, wie seine Frau Stück für Stück, in festliche Gewänder gekleidet, an den Ästen befestigt wurde und in weihnachtlichem Glanz erstrahlte. Der Vater war am größten. Deshalb schnitzte er den Baum oben spitz und steckte behutsam Mutters Kopf auf. Durch ein Geflecht geschickt miteinander verbundener Schnüre konnte man die Mutter bewegen. Und als Simone dann vorsichtig an der untersten Schnur zog, war es ihnen, als ob sie ihnen zuwinkte, wie damals, als die Mutti noch Pionierleiterin war.

Verstohlen wischte sich der Vater eine Träne aus dem Augenwinkel und drückte den Knopf der Spieluhr. So viel Heimlichkeit in der Weihnachtszeit …

Geronimo, der Weihnachtsölf

Martin »Gotti« Gottschild

Verträumt schaute der kleine A.J. aus seinem Kinderzimmer im zwölften Stock eines Hochhauses auf der Fischerinsel. Er war gerade mal acht Jahre alt, aber trotzdem schon außergewöhnlich klug. Deswegen hatte er auch keine Freunde. Und so verbrachte A.J. den größten Teil seiner Zeit damit, verträumt aus diversen Fenstern zu schauen, in der Hoffnung, vielleicht irgendetwas zu entdecken, das ihn ein wenig aufmuntern konnte. Im Moment sah er aber nur Schneeflocken. Eine nach der anderen segelte gemütlich auf die Erde hinunter, und A.J. hoffte innigst, dass keine von ihnen den Boden heil erreichen würde. Er mochte Schnee nicht. Das lag vor allem daran, dass sich das kalte Pulver in den letzten fünf Jahren nur sehr selten in seiner Hand, dafür aber umso öfter in seinem Mund, seinen Ohren oder im Kragen seiner Thermojacke befunden hatte. Kein verschneiter Wintertag, an dem A.J. nicht von seinen Klassenkameraden, älteren Mitschülern oder schelmischen Frührentnern eingeseift wurde. Da konnte er rennen, wie er wollte, irgendwann holten ihn die anderen doch ein, und dann war er fällig. Gut, A.J.s Haut war durch das ständige Einseifen immer vorbildlich durchblutet und von einmaliger Sanftheit, aber damit konnte er im Moment bei seinen Mitmenschen noch keinen Eindruck schinden. Um diesen Trumpf auszuspielen, mussten mindestens noch fünfzig Jahre vergehen. Das wusste A.J. Er war ja klug und damit ganz aus der Art geschlagen. A.J.s Eltern waren dagegen mehr so fürs Grobe.

Als er zur Welt kam, war seine Mutter Jaqueline Boltzenbruch ja gerade mal fünfzehn, sein Papa, das alte Schlitzohr Falko Hodenmehl, einundzwanzig Jahre alt. Die beiden hatten sich bei einer Schlägerei im *Café Zungenkuss* kennengelernt. Während sie sich da so leidenschaftlich die Fressen polierten, sprang der Funke plötzlich über. Es war wie im Märchen. Falko und Jaqueline ließen fassungslos ihre Fäuste sinken und schauten sich tief in die geschwollenen Augen.

»Oh Mann, mir tut vielleicht der Rücken weh!«, eröffnete Jaqueline das Gespräch.

»Das liegt wahrscheinlich daran, dass ich dir gerade mit dem Totschläger die Niere zertrümmert habe«, entgegnete Falko.

»Wie du so ›Totschläger‹ sagst, da wird mir gleich ganz anders«, gab Jaqueline überrascht zu.

»Wie wird dir denn?«, wollte Falko wissen.

»Na ja«, antwortete Jaqueline, »meine Brustwarzen sind bereits so hart, dass man mühelos einen schweren SS-Ledermantel dran aufhängen könnte, und ich bin so feucht, dass ich befürchte, dass es zwischen meinen Beinen gleich blitzt und donnert!«

»Geil!«, dachte Falko laut.

»Findeste?«, erkundigte sich Jaqueline.

»Geil«, wiederholte sich Falko, »'nen SS-Mantel habe ich zu Hause, und Wetter find ich auch gut!«

Knapp neun Monate später kam A.J. Hodenmehl per Dammschnitt zur Welt. Jaqueline hatte zwar regelmäßig die Pille genommen, aber Falkos Samen war von solcher Schärfe, dass er sich einfach unbeeindruckt seinen Weg bahnte. Für Jaqueline war klar, dass sie das Kind bekommen würde, Falko war davon zwar zuerst überhaupt nicht begeistert, aber als er merkte, dass Jaquelines Brüste während der Schwangerschaft immer größer wurden, fand auch er es irgendwie ziemlich »geil!«.

Außerdem gab es ja noch Babyklappen, Kinderheime, Justizvollzugsanstalten, Geschlossene Abteilungen und jede Menge Mülltüten, in die er A.J. stecken konnte, falls der im Laufe seines Lebens aufmüpfig werden sollte.

Kurz entschlossen heiratete Falko Jaqueline übers Internet und zog mit ihr in die gemeinsame Wohnung auf der Fischerinsel.

Die nächsten acht Jahre verliefen relativ überraschungsfrei. Falko morste seine Bedürfnisse regelmäßig in Jaquelines Antlitz, die war ihrer Mutter daraufhin schon bald wie aus dem Gesicht gedroschen. Kein schöner Anblick, in diesem Punkt waren sich beide ausnahmsweise mal einig.

Der kleine A.J. wiederum wurde nie geschlagen. Dafür ekelten sich seine Eltern einfach zu sehr vor ihm. Falko und Jaqueline fütterten ihn ausschließlich mit besonders langstieligen Eislöffeln und trugen ihn mit Topflappen an den Ohren durch die Wohnung. A.J. störte das wenig, er war es ja gewohnt. Außerdem gab er die Hoffnung nicht auf, bald von einer wohlhabenden mosambikanischen Familie adoptiert zu werden. Bei Jaqueline und Falko wollte er auf Dauer jedenfalls nicht bleiben. Die waren ihm echt zu doof. Schließlich hielten sie ihn, mit seinen acht Jahren, für einen unheimlich intelligenten Jungen und gaben damit auch noch überall an. Dabei war A.J. bereits zwölf und außerdem ein Mädchen. A.J. war ja nur die Abkürzung für ihren eigentlichen Namen: Anakonda-Jule. Allein Falko und Jaqueline glaubten noch, es würde für Artischocken-Jochen stehen.

Bald war Weihnachten. Anakonda-Jule war schon angst und bange bei dem Gedanken an die Bescherung. Noch nie hatte ihr der Weihnachtsmann etwas gebracht, über das sie sich wirklich freuen konnte. Letztes Jahr gab es ein Hantel-Set und eine Klimmzugstange, da Falko fand, dass sein Sohn ein bisschen schwach auf der Brust sei. Das Jahr darauf lagen ein paar Boxhandschuhe und ein Suspensorium unter dem Weihnachtsbaum.

Das Puppenhaus, das sich Anakonda-Jule schon seit Jahren so sehnlichst wünschte, bekam Artischocken-Jochen natürlich nie. Es war ein Trauerspiel. Aber A.J. machte das Beste draus, lernte Jazztanz und schrieb wunderschöne Gedichte.

Hier ein Beispiel:

»An manchen Tagen ist die Welt so schwarz,
dass man die Hand vor Augen nicht mehr sieht.
An manchen Tagen tut mein Herz so weh,
dass es mir beinahe die Schuhe auszieht.
An manchen Tagen fließen meine Tränen
so wie ein wilder Fluss durchs Zimmer.
Das sind gute Tage,
die andern sind noch schlimmer.«

Ja, Anakonda-Jule war ein trauriges kleines Mädchen, und jeden Tag hoffte sie auf ein Wunder. Wie hätte sie denn ahnen können, dass dieser Wunsch schon sehr bald in Erfüllung gehen sollte? Und zwar direkt an Heiligabend.

Die Bescherung war erwartungsgemäß traurig ausgefallen, und wie an jedem 24. Dezember schaute Anakonda-Jule enttäuscht und voller Sehnsucht aus dem Fenster.

Und da, plötzlich passierte es: A.J. bemerkte ein Schneeflöckchen, das, anders als die anderen, partout nicht zu Boden sinken wollte, sondern unaufhörlich durch die Luft tanzte und dabei unentwegt die Farbe wechselte. Eben war es noch strahlend weiß, im nächsten Moment schon tiefblau oder leuchtend ocker. Anakonda-Jule war außer sich. Jetzt war es endlich so weit! Von nun an würde sich alles ändern. Voller Vorfreude öffnete sie das Fenster, und das wundersame Flöckchen segelte sogleich in A.J.s warmes Zimmer. Kaum dass es dort sanft, in der Mitte des Raumes, auf dem Teppich gelandet war, begann es, schauerlich zu zischen und zu qualmen. Blitze zuckten auf, und ein tiefes Donnergrollen erfüllte die Örtlichkeiten.

Als sich die dichten Rauchschwaden endlich verzogen hatten, kam ein kleines krummes Männchen mit Knöchelschuhen und Neonschnürsenkeln zum Vorschein.

»Hallo, ich bin's. Geronimo, der Weihnachtsölf. Ich bin gekommen, um dich zu überraschen.«

»Das ist dir gelungen!« A.J. war fassungslos vor Glück.

»Na, nun warte mal ab, das war's doch noch gar nicht«, behauptete das quirlige Fabelwesen.

»Wie? Kommt noch mehr?«

»Und ob!«

Und ehe A.J. begriff, was da geschah, hatte ihr der Weihnachtsölf Geronimo auch schon einen Schneeball von hinten ins T-Shirt gesteckt und war für immer verschwunden.

☆
2.
TEIL:
DER
BAUM
IST GRÜN,
UND DAS FEST
Dauert Drei Tage
DIE
WEINACHTS-
ZEIT

Letzte Weihnacht

Michael-André Werner

»Frohes Fest«, sage ich und stelle dir eine kleine rote Schachtel auf dein linkes Knie. »Danke schön«, sagst du leise, »das …«

Wir sitzen im Schneidersitz vor einem kleinen Bäumchen im Topf. Die Sonne scheint durchs Fenster und die silbernen Sterne, mit denen du ihn gestern Abend noch geschmückt hast, werfen kleine Lichtpunkte an Wände und Decke. Weihnachtsdisko, hast du vorhin gesagt, er müsste sich bloß noch drehen.

»Nur eine Kleinigkeit«, sage ich.

Letzte Weihnacht hast du gesagt, dass wir überlegen sollten, uns weniger zu schenken. Vielleicht etwas spenden stattdessen. An eine gemeinnützige Organisation. Was mit Kindern oder Tieren. Oder sparen, um uns im Sommer gemeinsam einen großen Urlaub zu schenken. Nicht immer diese Weihnachtshetzerei mit dem ganzen Einkauf und mit den Geschenken. Das sei so stressig und so materialistisch. Davon hätte doch niemand etwas. Und weshalb man Weihnachten überhaupt noch feiere? Wegen des Glaubens könne es wohl nicht sein. Wer geht denn heutzutage noch in die Kirche? Das sähe man ja auch an den Türken, die feierten ja auch Weihnachten, nur weil wir es feiern und wegen der Geschenke. Aber ja wohl nicht, weil ihnen Jesus Christus geboren worden sei. Der eigene Geburtstag sei doch viel wichtiger. Den müsste man doch schön feiern. Aber Weihnachten … vielleicht nur mit einer Kleinigkeit.

Also stelle ich dir in diesem Jahr eine kleine rote Schachtel auf dein Knie. Mit einem weißen Band darum und einem Zweig Stechpalme mit drangebunden.

»Danke schön«, sagst du und wackelst mit dem Knie und die Schachtel schaukelt leicht. Aber sie fällt nicht hinunter. »Das ist ja …«, und du blickst zum Weihnachtsbaum, auf den die Sonne fällt.

Unsere Bescherung ist wie immer am Mittag. Die anderen kaufen noch die letzten Geschenke. Die ersten Geschäfte schließen bereits. Ich hatte gehofft, wir würden wenigstens in diesem Jahr gemeinsam feiern, abends, im Dunkeln, unter dem Baum. Wenigstens in diesem Jahr, frisch zusammengezogen in der neuen Wohnung. Nicht wie seit fünf Jahren: ich bei meinen Eltern, du bei deinen.

»Wenn du erst einmal selbst eine Familie hast«, hatte mir eine Freundin einmal erzählt, »dann kannst du Weihnachten zu Hause feiern und deine Eltern müssen zu dir kommen.«

Aber zusammenzuziehen heißt ja nicht gleich eine Familie gründen. Und deshalb wirst du auch in diesem Jahr wieder zu deinen Eltern fahren und ich zu meinen. Und dort werden wir im Kreise der Familie das heilige Christfest begehen. Genauso wie alle Unterfünfzigjährigen. Und auch die Freundin mit dem guten Ratschlag fährt dieses Weihnachten wieder mit Sack und Pack und Mann und Kind zuerst zu ihrer geschiedenen Mutter, dann zu ihrem geschiedenen Vater, dann zu seiner geschiedenen Mutter und dann wird Weihnachten auch schon wieder vorbei sein, denn sein geschiedener Vater ist ja wie an jedem Jahreswechsel mit seiner neuen Frau in Thailand.

Und auch wir kriegen unsere Eltern nie unter ein Dach. »Wir

wollen doch mit dir feiern«, sagt meine Mutter jedes Mal auf meinen Vorschlag, zusammen mit dir und deinen Eltern zu feiern, »da laden wir doch keine, keine Wildfremden ein«. Und dass deine Eltern nur sehr ungern ihr Haus, ihre Straße, ihr Viertel verlassen – geschenkt.

Also machen wir unsere Bescherung wie letzte Weihnacht und vorletzte und vorvorletzte und die davor am Vormittag des Heiligen Abends.

Wir könnten doch, hatte ich vorgeschlagen, unsere Bescherung, wenn schon nicht am Heiligabend, dann doch am Morgen des fünfundzwanzigsten machen, wie die Engländer. Aber du hattest gesagt: »Wir sind keine Engländer. Ich will meine Geschenke am vierundzwanzigsten.« Und dabei ist es geblieben.

Also sitzen wir im Schneidersitz am sonnigen Heiligabendmittag neben unserer Diskotanne in unserer ersten gemeinsamen Wohnung, und ich stelle dir mein Geschenk auf das linke Knie, eine kleine rote Schachtel mit einem weißen Band und ein bisschen Stechpalme drangebunden.

»Danke schön, das ist ja …«, sagst du, » … süß.«

»Keine Angst«, sage ich, »es ist kein Ring«, und es ist wirklich kein Ring. Nicht, dass ich nicht mit dem Gedanken gespielt hätte. Der Heiratsantrag zu Weihnachten. Unter dem Baum. Abends. Bei Kerzenschein. Wie kitschig. Aber wir feiern ja nicht abends unter dem Baum bei Kerzenschein. Wie kann das kitschig sein?

Nein, aber immer, wenn das Gespräch auf dieses Thema kommt, wenn Freunde heiraten, uns einladen und dann später auf der Party fragen: »Und ihr?« – »Ja, mal sehen.« – Nein, es ist kein Ring.

»Danke schön«, sagst du und greifst hinter deinen Rücken und legst fast schüchtern einen blauen Briefumschlag zwischen meine

Füße und sagst: »Du, ich war in letzter Zeit sooo im Stress. Ich bin zu nichts gekommen. Du weißt ja. Ich habe nur eine Kleinigkeit für dich.«

»Das macht doch nichts«, sage ich, »ich hab doch auch nur eine Kleinigkeit.«

Und das ist doch auch genau das, was wir uns schenken wollten: eine Kleinigkeit.

»Ja«, sagst du und wackelst mit dem Knie, und die Schachtel schaukelt. Und ich bin gespannt, ob sie runterfällt.

»Mach's auf«, sage ich.

»Du zuerst«, sagt du.

Was in dem Umschlag ist, weiß ich. Ein Gutschein. Wie letzte Weihnacht. Und vorletzte. Und vorvorletzte. Und die davor. Und zu den Geburtstagen dazwischen. Ein Gutschein für einen wunderbaren Abend. Ein Gutschein für ein tolles Wochenende. Ein Gutschein für fünfmal Kino (Filme, die ich sehen will). Ein Gutschein für dreimal besonderen Sex (den habe ich noch, weil du draußen im Schnee dann doch nicht wolltest). Ein Gutschein für viermal bekocht werden. Ein Gutschein für dreimal Frühstück ans Bett. Die meisten habe ich eingelöst.

Und du warst nicht nur zu sehr im Stress, zu beschäftigt, um ein Geschenk für mich zu besorgen. Du hast auch wieder keins für deine Mutter, keins für deinen Vater, keins für deine Schwester, keins für deren Mann. Wie letzte Weihnacht und die Weihnacht davor und die davor.

Da hattest du gefragt, ob es mir etwas ausmachen würde, wenn du die CD deinem Vater schenkst. Das sei genau das, was du für ihn gesucht hättest. Du könntest dir die CD ja nach den Feiertagen kaufen. Es sei so gesehen nur ein Tausch, du würdest deinem Vater das Geschenk erst nach den Feiertagen kaufen, aber jetzt schon schenken. Und du würdest während der Festtage eh nicht dazu kommen, sie zu hören. Du hattest gefragt, ob es mir etwas ausmachen würde, wenn du die Ohrringe deiner Schwester schenkst. Die wären wunderschön, aber beim Schenken zähle ja vor allem die Geste, nicht das Geschenk. Und du hättest ja schon so viele Ohrringe, und von den alten könntest du ihr ja keine schenken, wie sähe das denn aus? Du hast gefragt, ob es in Ordnung wäre, wenn du die Schokolade deiner Mutter schenkst. Sie sei so eine Naschkatze und sagt selbst, sie habe ja alles, sie brauche ja nichts mehr, und sie hätte lieber etwas, was sich verbraucht. Und zu Weihnachten hättest du sowieso viel zu viel Süßes. Du hast gefragt, ob es schlimm wäre, wenn du den Kugelschreiber dem Mann deiner Schwester schenkst. Du hättest keine Idee, was dieser Mensch brauchen könnte oder haben wollte, aber der Kugelschreiber sei wirklich wunderbar und hätte so etwas Edles, das sei genau das Richtige. Genauso wie das Tuch und wie das Buch und die Espressotasse und die Handschuhe und die kleine Lampe und der Kerzenständer und die Fahrradklingel, wie im Jahr zuvor und davor und davor.

Und weil du die Geschenke immer so sorgfältig auspackst, hattest du auch gleich ein passendes Geschenkpapier und musstest nur nach einer angefangenen Rolle Tesa suchen und alles wieder einpacken und vielleicht noch ein buntes Band drumwickeln und einen der Sterne vom Baum nehmen und draufkleben.

In diesem Jahr schenke ich dir nur eine Kleinigkeit. Am Vierundzwanzigsten. Wie du es wolltest. Wie wir es abgemacht hatten. In einer kleinen roten Schachtel.

»Danke schön«, sagst du, als ich dir die Schachtel aufs Knie stelle, »das ist ja – süß.«

»Mach's auf«, sage ich.

»Du zuerst«, sagst du.

»Nein, du zuerst«, sage ich. Und du nimmst die Schachtel, eh sie runterfällt, ziehst die Schleife auf, lässt das Band zu Boden fallen, nimmst den Deckel ab und schaust hinein.

»Danke«, sagst du.

Und ich weiß, dass das unsere letzte Weihnacht ist.

☆
2.
TEIL:
DER
BAUM
IST GRÜN,
UND DAS FEST
DAUERT DREI TAGE
DIE
WEIHNACHTS-
ZEIT

Heiligabend in der Vorstadt

ROBERT RESCUE

Heiligabend ist so ein »Zwangstag«. Er ist der einzige Tag im Jahr, den ich nicht bedeutungslos verstreichen lassen kann. Silvester kann ich dagegen problemlos alleine sein. Gut, ich stelle mich um Mitternacht ans Fenster, schaue mir das Feuerwerk an und mache mir kurz Gedanken über das kommende Jahr und was es mir bringen wird, aber ich bin nicht in Gesellschaft. An Weihnachten kann ich auf das ganze Gedöns wie Weihnachtsbaum und Geschenke verzichten, aber Heiligabend alleine verbringen und so tun, als wäre es ein x-beliebiger Tag, davon hält mich meine soziale Konditionierung ab. Deshalb mobilisiere ich in den Tagen davor alle Kräfte, um Gleichgesinnte zu finden und mit denen bei Essen und Wein zusammenzusitzen.

Allerdings ist es schon zweimal passiert, dass ich niemanden gefunden habe. Das eine Jahr verbrachte ich in einem Internet- und Telefon-Café mit dem nur türkischsprachigen Machmut am Tresen, das andere mit Ronni und Roxi und ihrem ständig kläffenden Mischling »Scheißköter« auf einer Parkbank auf dem Leopoldplatz bei Pilsator und Schrippe.

Natürlich habe ich diese beiden Weihnachtsfeste nicht in guter Erinnerung. So etwas wollte ich nicht noch einmal erleben. In meiner Verzweiflung, Panik wäre wohl das richtige

Wort, rief ich bei der RTL-Show *Weihnachten für arme Schweine* an. Die Jury wie auch die Fernsehzuschauer muss ich zu Tränen gerührt haben, als ich ihnen erzählte, was ich die letzten Jahre so getrieben hatte, denn sie kürten mich zum Sieger, zum »ärmsten Weihnachtsschwein des Jahres«. Mein Preis war der Besuch bei einer gutbürgerlichen Familie in Frohnau, die Weihnachten noch mit Weihnachtsbaum und Geschenken feierte. – Meine Güte, muss ich verzweifelt gewesen sein!

Am S-Bahnhof Frohnau erwartete mich Sandra, die Tochter. Sie hielt ein Schild in die Höhe mit der Aufschrift: »Willkommen, lieber Gewinner von Weihnachten für arme Schweine!« Ich bat sie nach der Begrüßung als Erstes, das Schild runterzunehmen und zu entsorgen. Auf dem Weg zum Haus fragte ich sie, wie der Abend denn genau verlaufen würde. Sie berichtete von einem Abendessen, danach Bescherung und um Mitternacht der Gang zur Kirche. Das mit dem Abendessen klang auf jeden Fall gut. Die Bescherung interessierte mich nicht, das konnten die unter sich ausmachen. Gang zur Kirche? Vielleicht war es das Beste, wenn ich mich nach dem Abendessen wieder verabschiedete.

»Muss ich denn Konversation betreiben?«, fragte ich meine Begleiterin. Ich würde als Außenstehender in einen gewachsenen Familienverbund hineingeraten, der sich das Jahr über vielleicht kaum gesehen und viel zu erzählen hatte.

»Eigentlich nicht«, antwortete Sandra. »Wir sind ein gewachsener Familienverbund und haben uns das Jahr über kaum gesehen und sicher viel zu erzählen. Konversation außerhalb des familiären Kontextes ist da eher hinderlich.«

Eine Weile später saß ich mit dem Bruder, der Tochter und der Mutter am Esstisch in einem großen Wohnzimmer und ließ es mir schmecken.

Im Wedding wäre mir an diesem Abend nur der Weg zum *Imbiss zur Mittelpromenade* geblieben, wo es Currywurst mit Pommes gab, die seit dem Vorabend in der Fritteuse lagen. Eine solche Mahlzeit gönnt man sich nur einmal im Jahr, weil man die restlichen dreihundertvierundsechzig Tage damit verbringt, sie zu verdauen. Das Weihnachtsessen an einer Imbissbude zu sich zu nehmen hätte vermutlich auch die Frau hinter dem Tresen zum Weinen gebracht.

Nach dem Essen saßen wir im Wohnzimmer am Tisch vor dem geschmückten Weihnachtsbaum. Mir ging der berühmte Weihnachtssketch von Loriot durch den Kopf, wo die Familie Hoppenstedt um den Weihnachtsbaum sitzt und der Opa permanent jammert: »Früher war mehr Lametta.« Der Sketch ist aus dem Jahre 1976, und tatsächlich scheint das Lametta seitdem aus deutschen Weihnachtsstuben verbannt worden zu sein. Mein letztes richtiges, also familiäres Weihnachten habe ich Ende der siebziger Jahre gefeiert, als ich etwa zehn Jahre alt war. Das ist aber so lange her, dass ich mich nicht mehr erinnern kann, ob meine Mutter damals noch Lametta benutzt hat oder nicht.

Fünf Minuten starrte ich auf den Weihnachtsbaum, als wäre er für mich ein exotischer Fremdkörper, und dachte über Lametta und die Vergangenheit nach. Bislang hatte ich nicht mehr von mir gegeben als eine Begrüßung sowie ein Lob für das Essen.

Die Mutter hatte inzwischen klassische Weihnachtsmusik aufgelegt. Das sei die CD, die der Vater gerne gehört habe, erklärte mir die Mutter. Ich nickte nur, denn Worte fielen mir nicht ein. Die Familienmitglieder holten sich die ihnen zugedachten Geschenke und rissen das Papier auf. Zum Vorschein kamen Bücher, Süßigkeiten, ein Handtuch, Konzertkarten sowie ein Kochbuch. Das Kochbuch war für mich und ein Geschenk von Sandra.

»Das ist für mich?«, fragte ich nach. Damit hatte ich nicht gerechnet.

»Ja«, antwortete Sandra. »Wir haben die Sendung gesehen und deine Weihnachtserlebnisse gehört. Da dachten wir, wir schenken dir ein Kochbuch, damit du nächstes Jahr andere Leute einladen kannst und nicht mehr in die Not kommst, bei RTL anzurufen.«

Weil es regnete, hatte Sandra ihrer Mutter den Vorschlag gemacht, den Weg zur Kirche im Auto zurückzulegen. Die hatte das abgelehnt und auf die Tradition hingewiesen, dass sie immer zu Fuß zur Kirche laufen würden. An dieses kurze Gespräch musste ich denken, als ich hinter der Familie hertrottete. Es regnete, als stünde die Sintflut bevor.

Sandra hatte mir berichtet, dass der Kirchenbesuch in Frohnau nicht direkt religiösen Zwecken diene. Entscheidend sei der gesellschaftliche Aspekt. Wer sich an Weihnachten nicht in der Kirche sehen ließ, der hatte seine Reputation verspielt. Der Gottesdienst wurde im Laufe des Tages fünfmal abgehalten, so dass jede Familie den Besuch frei wählen konnte. Besuchte sie den Gottesdienst aber nicht, sprach sich das schnell herum und demjenigen wurde nahegelegt, seine Koffer zu packen und wegzuziehen, zum Beispiel in den Wedding. Dort kannte nicht jeder jeden, und ob jemand einen Gottesdienst besucht oder nicht, interessiert im Wedding 99,9 Prozent der Bevölkerung einen Scheißdreck.

Sandra informierte mich außerdem darüber, dass diese Bindung an das Kollektiv sämtliche Bevölkerungsgruppen einschloss. Vor einiger Zeit war der Frohnauer Penner gestorben, der jeden Tag vor dem Reichelt seine Zeit verbracht hatte. Jeder in Frohnau hatte ihn gekannt, und ihm war viel Respekt entgegengebracht worden. Ihm zu Ehren wurde nach seinem Tod ein Sondergottesdienst abgehalten. Im Wedding hätten sie ihn von seinem Platz weggeräumt und irgendwo verscharrt, ohne dass es jemand mitbekommen hätte.

Ich dachte noch eine Weile über den Penner von Frohnau nach. Hatte er auch dort gelebt? Ein Haus und ein Vermögen besessen und durch einen Schicksalsschlag womöglich alles verloren? Oder hatte ihn der Großbezirk Reinickendorf angestellt, um Frohnau auf eigentümliche Weise um eine Großstadtattraktion zu bereichern?

Die Kirche war gut besucht. Alle Sitzplätze zur Mitternachtsmesse waren besetzt, und an den Seiten standen sich Leute die Beine in den Bauch. Viele junge Leute waren anwesend, und als ich beobachtete, wie sie ihre Smartphones ausschalteten, ging es mir durch den Sinn, dass viele von ihnen dies zum allerersten Mal in diesem Jahr taten.

Ich musste mir mehrmals in Erinnerung rufen, dass ich mich nicht in einem Dorf in Bayern oder Franken befand, sondern in der Hauptstadt Berlin und dass es vielleicht fünf Kilometer in Richtung Innenstadt eine andere Kirche gab, in der sich gerade drei Senioren und eine vierköpfige, christlich-fundamentalistische Familie auf den Sitzbänken verloren.

Neben mir warf eine junge Familie verunsicherte Blicke zu den anderen Besuchern. Vermutlich waren sie vor kurzem nach Frohnau gezogen, und die Nachbarn hatten ihnen neben ein paar allgemeinen Tipps auch einen speziellen gegeben.

Ich war gespannt auf die Show, die der Pfarrer bieten würde. Die Bühne wurde durch einen großen, schön geschmückten Baum (wieder ohne Lametta!) glänzend in Szene gesetzt. Daneben befand sich eine Kanzel, die sicherlich effektvoll genutzt werden konnte. Vor mir auf der Ablage entdeckte ich einen Zettel mit Liedtexten drauf. Was bedeutete das? Sollte etwa das Publikum singen? Ich hasse Mitmachnummern in Shows!

Kurze Zeit später betrat der Pfarrer die Bühne und begann, eine Geschichte zu erzählen. Irgendwie ging es um Hirten, ein Neugeborenes und einen Stall. Schien ein älterer Stoff zu sein und so eingeübt, wie der Pfarrer die Geschichte vorlas, machte er das wohl nicht zum ersten Mal. Ich fand die Geschichte langweilig, ohne Witz und beschloss, diese Show nie wieder zu besuchen. Insgeheim ärgerte ich mich, dass ich nicht mein neues Kochbuch zum Lesen mitgenommen hatte.

Plötzlich forderte der Pfarrer die Leute auf, sich zu erheben und zu singen. Nach dem Lied setzten sich alle Leute wieder hin, und der Pfarrer erzählte weiter seine doofe Geschichte. Als er endlich damit fertig war, hatte ich kurz den Impuls, erlöst zu klatschen, ließ aber im letzten Moment davon ab. Dann sprach der Pfarrer so etwas wie ein Gedicht, alle Leute standen auf und sagten mehrmals »Erbarme dich«. Wen meinten die bloß? Etwa den Pfarrer? Drückten sie damit aus, dass sie die Geschichte ebenso langweilig fanden wie ich und ihn anflehten, endlich damit aufzuhören?

Das tat er dann auch und wies auf ein Projekt in Burkina Faso hin, für das er um Spenden bat. Warum sollte ich etwas spenden? Ich selbst lebte von der Hand in den Mund, da interessierte mich Burkina Faso doch nicht. Ich erinnerte mich, dass mir Sandra zuvor zwei Euro in die Hand gedrückt und gemeint hatte, das solle ich in die Kollekte tun. Dabei war das fast genug für ein Rückfahrticket. Vielleicht könnte ich einfach so tun, als würde ich das Geld in die Kollekte werfen.

Die Leute standen auf, und jetzt kam der so wichtige Frohnauer Gesellschaftsfaktor ins Spiel. Beim Rausgehen warfen alle einen Blick auf die anderen, schauten, wer anwesend war und wer nicht. Alle setzten sich ein wenig in Pose, verharrten kurz im Gang, reckten und streckten sich und grüßten irgendwen. Ich tat nichts davon, denn ich besaß keinen sozialen Status in Frohnau und würde nie einen besitzen. Dafür lenkte ich meine Aufmerksamkeit auf die Brieftaschen der Leute, die sie zückten, während sie auf den Ausgang zuströmten. Ich sah Zehn-, Zwanzig- und sogar Fünfzig-Euro-Scheine in die Kollekte wandern. Ich dagegen holte Sandras Zwei-Euro-Münze aus der Hosentasche. Irgendwie war es mir unangenehm, dass sie mir Geld gegeben hatte. Vermutlich wollte sie etwas Gutes zu Weihnachten tun, und ich war derjenige, dem sie Gutes tat. Die Kirchendiener hielten den Besuchern Kollektestrümpfe vor die Nase. Mit der Hand abgedeckt warf ich das Geldstück doch hinein, und sicherlich war es die einzige Münze im Strumpf. Sandra beobachtete mich. Draußen angekommen, begleitete sie mich noch zurück zum S-Bahnhof.

»Wenn du wider Erwarten nächstes Jahr nichts finden solltest, kannst du ja 'ne Mail schicken«, verabschiedete mich Sandra. »Wir würden uns freuen, wenn du nächstes Jahr wiederkommst.«

Ich war mir nicht sicher, ob sie das ernst meinte. War meine zurückhaltende Art bei der Familie gut angekommen? Ich machte mir fast ein Jahr lang Gedanken darüber. Dann schrieb ich ihr eine Mail, und bald darauf wusste ich, wo ich dieses Jahr Weihnachten verbringen würde. Vermutlich müsste ich mir auch in Zukunft darüber keine Gedanken mehr machen.

Fischpaprikasch

Daniela Böhle

Dreihundertvierundsechzig Tage im Jahr beschimpfte mein Großvater alles, was mit seiner Herkunft verbunden war. Jugoslawien, ein Volk ungebildeter Bauern. Als Kind dachte ich, in Jugoslawien gäbe es nicht eine einzige geteerte Straße, nur gestampfte Erde und keine Autos, nur roh gezimmerte Pferdefuhrwerke, die ständig dreckigen Kindern ausweichen müssen, die nichts anderes tun, als mit Stecken im staubigen Boden zu bohren.

Der dreihundertfünfundsechzigste Tag aber war Heiligabend. An Heiligabend war Jugoslawien für meinen Großvater das gelobte Land, seine Heimat und die Heimat des Fischpaprikasch.

Heiligabend musste es Fischpaprikasch geben wie in der Kindheit meines Großvaters, damals, als alles noch gut und einfach war.

Zu einfach, würde er am nächsten Tag sagen, als feingeistiger Intellektueller, aber der nächste Tag war eben erst der nächste Tag.

»Fischpaprikasch«, jubelte mein Großvater, als meine Mutter den riesigen Topf auf den Tisch stellte.

Dann sagte er etwas auf Serbokroatisch, was irgendetwas zwischen »wie köstlich« und »oh, du heiliges Fischpaprikasch!« hieß.

Im Topf war eine scharfe Suppe, die folgendermaßen gekocht wird: Man brät Zwiebeln an, kippt einige Handvoll Paprikaschoten und scharfes Paprikapulver hinein, löscht das alles mit Brühe und wirft dann ein Dutzend ausgenommene Fische hinein.

Jedes Jahr habe ich wieder überlegt, was ich mehr hasste: die Grätenberge, die von mindestens fünfzig Fischen zu stammen schienen, oder die trüben Augen, die mich aus dem Topf heraus anstarrten.

In diesem Jahr war ich elf Jahre alt, und das Haus war voll wie in jedem Jahr zu Heiligabend. Vielleicht war es gar nicht so voll, wie ich es in Erinnerung habe, vielleicht war einfach mein Großvater so laut, wie er es nur an Heiligabend war, und Lärm füllt ein Haus schließlich auch, aber Gäste waren auf jeden Fall immer da.

Meine Mutter sagte immer: »Wann, wenn nicht Heiligabend.«

Genaugenommen wollten nur meine Mutter und meine Großmutter Verlassene und Verlorene zu uns einladen, wir anderen akzeptierten das dann mit Blick auf die Sache mit Josef, Maria und Jesus.

Prinzipiell habe ich meiner Mutter schon damals zugestimmt, auch wenn ich als Kind jedes Jahr dachte, dass es eine Reihe guter Gründe gab, warum ausgerechnet mit diesen Gästen außer meiner Familie niemand feiern wollte.

Im Jahr zuvor war es zum Beispiel eine sogenannte Freundin meiner Mutter gewesen, die sämtliche Plätzchen aufgegessen hatte, ohne sie mit jemandem zu teilen. Es waren gigantische Mengen gewesen, und sie hatte sich danach aufs Sofa gelegt, weil es ihr nicht gut ging. Mein Einwurf, dass das sicher an den vielen Plätzchen liegen würde, die sie ganz allein in sich reingestopft hatte, und dass sie selber schuld sei, wurde ignoriert. Dort auf dem Sofa hatte sie den Rest des Abends gelegen und mich böse angestarrt.

Die Plätzchenesserin war in diesem Jahr nicht gekommen, dafür aber Frau Stök, die depressive Nachbarin meiner Großmutter, die nach einem missglückten Selbstmord in der Psychiatrie wohnte und die sich meine Großmutter ausgeliehen hatte, damit sie Heiligabend nicht so traurig im Krankenhaus verbringen musste.

Ich beobachtete Frau Stök unauffällig, um zu sehen, wie sie sich freute, Heiligabend nicht so traurig im Krankenhaus verbringen zu müssen, aber sie schien sich darüber kein bisschen zu freuen. Sie saß herum und starrte vor sich hin, und ich dachte, wenn ich sehr traurig wäre, würde mich Fischpaprikasch auch nicht fröhlicher stimmen.

Heute denke ich, es war weniger das Fischpaprikasch als vielmehr mein »Fischpaprikasch!« brüllender Großvater, dessen Fröhlichkeit sie völlig fertiggemacht hat.

Meine Großmutter erklärte mir, dass Frau Stök im Moment weniger traurig sei als vor allem langsam, weil man ihr im Krankenhaus so viele Medikamente gebe, und dass wir einfach Geduld haben müssten mit ihr.

Mein Großvater schmiss Frau Stök einen ganzen Fisch mit Kopf und Gräten auf den Teller, »Sie müssen einfach ordentlich essen«, polterte er, und meine Großmutter sagte leise »Ach Hans!« und schob den Fisch, der ebenso vorwurfsvoll blickte wie sie, weiter zu meinem Vater.

Mein Bruder hatte es besser gemacht als ich: Er hatte zwei Jahre hintereinander sein Fischpaprikasch wahlweise auf den Tisch gekippt oder gespuckt und bekam seitdem ein Extraessen. Ich hingegen hatte mich mit dem »Du-bist-doch-kein-kleines-Kind-mehr«-Spruch ködern lassen und aß mit Todesverachtung den Fisch, von dem meine Großmutter trotz der boshaften Sprüche meines Vaters zumindest den Kopf abgeschnitten hatte.

Nach dem Essen wurden so lang lauthals Weihnachtslieder gesungen, bis niemandem mehr eins einfiel. Dann verschwanden meine Eltern im Weihnachtszimmer, zündeten Kerzen und Wunderkerzen am Weihnachtsbaum an, und wir durften reinkommen. Mein Großvater klatschte wie immer in die Hände vor Begeisterung, und meine Großmutter sagte, so schön wie in diesem Jahr sei er ja noch nie gewesen!

Ich sagte ihnen nicht, dass das eigentlich gar nicht stimmen könne, dass meine Eltern den ganzen Vormittag darüber gestritten hatten, meine Mutter hatte gerufen, schon wieder hast du einen solchen Scheißbaum angeschleppt, krumm und schief ist der, und er hat nicht mal eine ordentliche Spitze, dazu noch ein Riesenloch da drüben, siehst du das denn gar nicht, so kann man den Baum doch gar nicht hinstellen, dass einem dieses riesige Loch nicht auffällt, aber jetzt bewunderten alle den Baum und das Loch fiel auch niemandem auf. Frau Stök sah den Baum, glaube ich, gar nicht, weil sie immer nur auf den Boden blickte, aber meine Mutter und meine Großmutter wünschten ihr jetzt frohe Weihnachten und umarmten sie, und danach hatte ich eine Weile den Eindruck, als wäre Frau Stök nicht mehr ganz so steif wie vorher.

Als alle geküsst und alle Weihnachtsgeschenke ausgepackt waren, setzten wir uns um den Tisch und begannen zu spielen.

Frau Stök sagte: »Ich spiele lieber nicht mit«, aber alle sagten, das komme gar nicht in Frage, und dahinter konnte dann niemand mehr zurück, als klarwurde, dass Frau Stök nicht nur nicht mitspielen wollte, sondern auch nicht konnte. Wir spielten ein Kartenspiel nach dem anderen, zuerst die leichten, dann die immer noch leichteren. Normalerweise war es unser größter Spaß, die Bemühungen meiner Großmutter zu unterwandern, meinen Großvater gewinnen zu lassen. Doch an diesem Tag hatten wir alle ein gemeinsames Ziel: die traurige Frau Stök nicht verlieren zu lassen. Ich sehe uns noch dasitzen beim albernsten aller Kartenspiele, bei dem es darum geht, rasend schnell den eigenen Daumen auf den Tisch zu legen, sobald der erste vier gleiche Karten und den Daumen auf den Tisch gelegt hat. Ich sehe uns alle den Daumen meiner Mutter übersehen, der dick und breit auf dem Tisch liegt und darauf wartet, von Frau Stök gesehen zu werden. Auf Daumen zu achten war im Grunde die einzige Aufgabe bei diesem Spiel, aber Frau Stök schaffte es einfach nicht.

Meinen Großvater erinnerte der Tisch irgendwann wieder an Essen, und er schlug mit einer Hand auf die Tischplatte. »Wisst ihr, was die größte Schweinerei war, die wir in Kollut gegessen haben?« Kollut war sein Heimatdorf, und zumindest heute war er völlig im Reinen damit. »Ach was, Schweinerei, eine richtige Sauerei war das!« Meine Großmutter sagte »Hans!«, weil sie solche Ausdrücke nicht mochte. »Die Frauen aus dem Dorf legten fettes Fleisch auf einen Rost, riesige Stücke fetten Fleischs, dazu Speck und dazu noch mehr fettes Fleisch. Das wurde dann gebraten und gebraten und gebraten«, er rollte das R genussvoll, »und dann haben wir die Fleischberge in uns reingestopft. Mit den Händen haben wir gegessen und so gierig, dass uns das Fett vom Kinn tropfte.« Er lachte hell auf. Er beugte sich zu meiner Großmutter und fragte: »Kochst du mal so eine Sauerei für mich?« Meine Großmutter wusste, dass er am nächsten Tag nichts mehr davon würde wissen wollen, und lächelte nur nachsichtig.

Ich fragte mich, ob Frau Stök am nächsten Tag den Abend für

einen bösen Traum halten würde. Ich habe es nie erfahren. Wiedergekommen ist sie jedenfalls nicht.

Im nächsten Jahr hatten wir Heiligabend meine verrückte Großtante aus Jugoslawien da, die sich jeden Morgen für drei Stunden im Badezimmer einschloss und ein Kauderwelsch sprach, das nur mein Großvater verstand. Ob sie sich bei ihm über die vielen Gräten und Augen beschwert hat, hat er uns nie verraten.

☆
2.
TEIL:
DER
BAUM
IST GRÜN,
UND DAS FEST
Dauert Drei Tage
DIE
WEINACHTS-
ZEIT

Alle Jahre wieder

Chio Schuhmacher

Es gibt ein Fest, das nur zu dem einen Zweck eingeführt wurde, Zwietracht und Missgunst in Familien zu säen. Viele, die ansonsten das ganze Jahr friedlich aneinander vorbeileben, werden durch dieses unselige Ereignis an den Rand ihrer Leidensfähigkeit gebracht. Familienväter denken ernsthaft darüber nach, sich scheiden zu lassen, Kleinkinder packen ihre Teddybären in Rucksäcke, um dem Elternhaus endgültig den Rücken zu kehren, und nervlich überlastete Mütter nehmen anlässlich der Feierlichkeiten zur Sicherheit drei Valium, statt wie sonst nur zwei.

Meine erste Erinnerung an Weihnachten ist folgende: Meine Eltern hatten die Idee gehabt, bei einer studentischen Arbeitsvermittlung einen echten falschen Weihnachtsmann zu bestellen.

»Warst du denn auch brav?«, fragte mich der Riesenkerl mit Rauschebart und sehr, sehr dichten Augenbrauen. Leider hatte mir meine Oma schon die Woche zuvor gesteckt, dass am Weihnachtstag freche Gören für ihre Untaten bezahlen müssten. Alles, alles, was man im vergangenen Jahr verbrochen hätte, wüsste der Weihnachtsmann. Und nur die braven Kinder würden Geschenke bekommen. Die unverschämten hingegen, die dabei erwischt worden waren, in Papas Sparschwein mit einer Büroklammer herumzustochern, würde unweigerlich die Strafe in Gestalt von Knecht Ruprechts Rute treffen.

Als also der Weihnachtsmann seine Frage stellte, war ich mir sicher, dass mein letztes Stündlein geschlagen hatte. Schließlich hatte ich die Beute aus Papas Sparschwein zum Kiosk getragen und in Brausebonbons investiert. Ich brach in lautes Geheul aus. Ein Geheul, das sich durch nichts beruhigen ließ, sosehr mir meine Mutter auch übers Haar strich, so schnell auch mein Vater den Weihnachtsmann aus der Tür schob, so breit meine große Schwester auch grinste. Ich heulte so lange, bis mich meine Eltern ins Bett steckten, damit sie endlich ungestört den Weihnachtsbraten anschneiden konnten.

Im nächsten Jahr, ich war schon etwas größer, war mein Vater so schlau, keinen Weihnachtsmann zu bestellen. Stattdessen dachte er sich, ein großes Kind wie ich könnte nun etwas mehr Verantwortung übernehmen. Gerade war ich aus dem Badezimmer gekommen, denn meine Mutter war der festen Überzeugung, Kinder sollten an Weihnachten sauber und gekämmt erscheinen, da forderte mich mein Vater auf, ihm dabei zu helfen, den Tannenbaum zu entzünden.

Stolz nahm ich die Streichhölzer, mein Vater packte mich an den Hüften und hielt mich hoch, damit ich auch die Kerzen erreichte, die die obersten Zweiglein zierten. Leider trug ich bei dieser Gelegenheit einen Bademantel aus einem neumodischen, synthetischen Material, das reichlich Fäden zog. Beim Versuch, die erste Kerze anzuzünden, ging der Bademantel in Flammen auf. Mein Vater stellte mich ruck, zuck auf den Wohnzimmerboden und stürzte in die Küche. Meine Mutter und meine Schwester rührten sich nicht, stimmten aber unisono ein lautes Geschrei an. Ich wusste, ich war dem Tode nahe. Die Flammen von meiner Kapuze züngelten an meinen Wangen. Mir wurde ziemlich heiß.

Kurz keimte in mir der Gedanke auf, mich auf den Boden zu werfen, ich traute mich aber nicht, denn meine Eltern waren streng, was Verschmutzungen unserer orientalischen Auslegware betraf. Glücklicherweise kehrte mein Vater aus der Küche zurück und löschte mich und den lichterloh brennenden Bademantel panisch mit einem nassen Handtuch.

Den Rest des Abends verbrachten wir in der Notaufnahme des Krankenhauses. Brandopfer schienen an Weihnachten keine Seltenheit zu sein.

Einige Jahre später, meine Schwester und ich waren schon fast in der Pubertät, wollte uns meine Mutter etwas über Menschlichkeit lehren und lud Herrn Leitermann aus dem St. Ursulaheim zu uns ein. Herr Leitermann sei ohne eigene Schuld in Not geraten, erzählte meine Mutter, Weihnachten wäre ein geeigneter Tag, ein gutes Werk zu vollbringen und uns verwöhnten Blagen einen Einblick in das Leben von Menschen zu geben, denen es nicht so prächtig ging wie uns. Das St. Ursulaheim, eine soziale Einrichtung für alte, obdachlose Menschen, hatte die lieben Mitbürger dazu aufgerufen, armen Männern am Fest der Liebe eine Mahlzeit und Mitgefühl zuteilwerden zu lassen.

Herr Leitermann setzte sich an unsere reichgedeckte Tafel. Meine Schwester und ich beobachteten ihn aus den Augenwinkeln. Herr Leitermann hatte ein rotes Gesicht und roch etwas streng.

Wie üblich setzte sich mein Vater vor dem Essen an die Orgel und zerlegte Weihnachtslieder in ihre Bestandteile. In der Küche stritten sich meine Mutter und ihre Mutter, ob man den Rinderbraten schon aus dem Ofen nehmen sollte oder nicht. Herr Leitermann zwinkerte uns zu und schenkte sich schon mal ein Glas Rotwein ein, das er in einem Zug austrank.

»Ihr könnt ruhig mitsingen«, sagte mein Vater, während er den a-Moll-Akkord suchte.

Wir schauten aber lieber dabei zu, wie Herr Leitermann das zweite und dritte Glas leerte.

Bald kam meine Mutter mit dem dampfenden Braten aus der Küche, die Spätzle waren auch schon fertig.

»Herr Leitermann, vielleicht ein Glas Rotwein zur Feier des Tages?«, meine Mutter schenkte Herrn Leitermann nach.

»Sind Sie denn wirklich ganz alleinstehend?«, fragte sie.

»Ja, ich hab niemand mehr«, erklärte Herr Leitermann.

Betretene Stille. Dann sagte meine Mutter leise: »Das tut mir leid.«

»Mir auch«, pflichtete Herr Leitermann bei. »Aber die Alte wollte die Scheidung unbedingt.«

»Oh«, sagte meine Mutter.

Betreten aßen wir unseren Sauerbraten. Meine Schwester sortierte akribisch die Rosinen aus der Soße.

»Aber ich bin froh, dass ich sie los bin. Betrogen hat sie mich, die Schlampe, das muss man sich mal vorstellen.«

»Das war bestimmt nicht leicht für Sie, Herr Leitermann.«

»Nicht leicht, nicht leicht«, Herr Leitermann nahm einen tiefen Schluck vom Rotwein.

»Das will ich meinen, dass das nicht leicht war. Aber so sind sie eben, die Weiber. So sind sie eben.«

Mein Vater lachte ein bisschen und fing sich einen bösen Blick von meiner Mutter ein.

»So können Sie das jetzt aber nicht sagen, Herr Leitermann«, meinte meine Mutter. »Sie können doch nicht alle Frauen über einen Kamm scheren.«

»So, kann ich nicht?«, fragte Herr Leitermann. »Das finde ich aber doch, dass ich das kann.« Er hielt meinem Vater sein leeres Weinglas hin. »Scheißweiber.«

Mein Vater lachte meckernd. Er war nämlich dagegen gewesen, Herrn Leitermann an Weihnachten einzuladen, weil er fand, man könnte es mit der Nächstenliebe auch übertreiben.

»Solche Reden dulde ich nicht an Weihnachten, Herr Leitermann«, sagte meine Mutter.

»So, so, dulden Sie nicht. Sie meinen wohl, bloß weil Sie mich hier zum Essen einladen, können Sie mir den Mund verbieten.«

Herr Leitermann säbelte erregt an dem Rinderbraten rum.

»Aber ich lass mir nicht den Mund verbieten, und von Ihnen schon gar nicht, merken Sie sich das.«

Herr Leitermann blitzte meine Mutter böse an.

Meinem Vater wurde es jetzt zu viel: »Ich glaube, ich rufe Ihnen mal ein Taxi, Herr Leitermann.«

Es kostete ihn noch einiges an Überzeugungskraft, Herrn Leitermann aus der Wohnung und ins Taxi zu bugsieren. Die Rotweinflasche nahm er gleich mit.

Den Rest des Weihnachtsabends war die Stimmung etwas gedämpft. Die Nächstenliebe war uns allen auf den Magen geschlagen. Im nächsten Jahr rief das St. Ursulaheim nicht mehr dazu auf, Menschen, die ohne eigenes Verschulden in Not geraten waren, bei sich aufzunehmen. Wie man hörte, war nicht nur bei uns die Sache mit der Nächstenliebe etwas aus dem Ruder gelaufen. Bei Schaarschmidts hatte ein Herr der Dame des Hauses unsittliche Anträge gemacht, und bei Frau Müller hatte einer in den Wintergarten gekotzt.

Doch meine Schwester und ich haben aus dieser Episode etwas gelernt, denn jetzt wussten wir wenigstens, warum die Obdachlosen in der Weihnachtsgeschichte in einem Stall übernachten mussten.

☆
2.
TEIL:
DER
BAUM
IST GRÜN,
UND DAS FEST
DAUERT DREI TAGE
DIE
WEINACHTS-
ZEIT

Der nette Nazi von nebenan

JAN GIMPEL

Mir schwante Böses. »Mach einfach nicht auf«, meinte Micha.

»Nicht so laut«, zischte ich zurück.

»Der ist bestimmt besoffen«, erwiderte er.

»Gerade deshalb.«

»Ach, der kriegt doch gar nicht mit, wenn wir hier reden.«

»Ick hör euch sehr gut«, tönte es von der anderen Seite der Tür, und zwar, zu meinem Entsetzen, gar nicht betrunken. Aber – was mir erst nach einer Schrecksekunde auffiel – auch nicht aggressiv.

»Scheiße«, meinte Micha, jetzt endlich nicht so laut. Ich schaute ihn ratlos an. Es klingelte noch mal.

»Macht doch uff«, rief der ungebetene Gast.

»Moment noch«, erwiderte Micha und rannte plötzlich los, in Richtung Schlafzimmer. Keine zwanzig Sekunden später kam er zurück, mit dem Baseballschläger, von dem er mir bereits vor Wochen versprochen hatte, ihn zu entsorgen.

»Wenn schon, denn schon«, meinte mein Liebster und stellte sich hinter die Wohnungstür. Ich öffnete sie vorsichtig, und zu meinem Erstaunen wurde weder sie aufgestoßen noch ich ebenso gewaltsam angegangen.

»Frohe Weihnachten«, meinte unser Nachbar. »Ick hab jedacht … ick wollt …«, druckste er verlegen herum. »Weil doch Weihnachten is!«

Er hielt mir zwei kleine Pakete hin, schön in Geschenkpapier verpackt. Ich sah sie an, dann ihn und konnte mir einen Seitenblick zu Micha nicht verkneifen, der mit erhobenem Knüppel schlagbereit hinter der Tür stand. Bevor ich mich sammeln und etwas sagen konnte, fuhr der Herr Nachbar fort: »Ooch um mir zu entschuldijen …«

Das war wohl überfällig. Denn dieser Typ, mit dem wir das Stockwerk teilten, sah zwar äußerst appetitlich aus: Mitte oder Ende zwanzig, etwa eins neunzig groß, athletischer Körper, durchdringende blaue Augen in der geilen Visage. Den hätte ich schon längst gern mal zum Tässchen Tee gebeten. Und zu manch anderem. Nur leider lief dieser Kerl nicht – oder zumindest nicht nur – aus Fetischgründen genau so herum, wie in den Medien oft das Böse an sich dargestellt wird. Leider interessierte er sich auch nicht für die Ursprünge jener Bewegung, der er zumindest ästhetisch anhing. Nein, dieser Bilderbuch-Skinhead war ein böser Rechter, wie er uns immer wieder hatte spüren lassen, auch wenn er sich in diesem Moment aus unerfindlichen Gründen zu bemühen schien, den netten Nazi von nebenan zu geben.

»Darf ick rinkommen?«, fragte er.

»Ja …«, setzte ich an und wollte eigentlich sagen: »Ich weiß nicht.«, aber er nahm es als Zustimmung, enterte die Wohnung, erblickte Micha, der mir eben noch hektisch ablehnend zugewinkt hatte, und grinste.

»Ey, ihr braucht keene Angst zu haben«, meinte der Skin mit Blick auf den Baseballschläger. »Ick wollt mir wirklich entschuldijen, wejen der Sachen … wat ick jemacht … und jesagt … ick gloob, ick war 'n ziemlichet Arschloch.«

Offenbar als vertrauensbildende Maßnahme drückte er mir seine beiden Päckchen jetzt einfach in die Hand, kniete sich hin und begann, seine Stiefel aufzuschnüren. Was natürlich etwas dauerte, bei zweimal sechzehn Löchern. Ich schaute versonnen hinab, auf den wie immer blankrasierten Schädel, auf die definierten Unterarme, die großen, männlichen Hände. Und fragte mich, ob ich es bedauern sollte, dass er im Polo- und nicht im Feinripphemd erschienen war.

Ich war so mit innerlichem Sabbern beschäftigt, dass ich zu spät merkte, wie Micha wieder versuchte, mir Zeichen zu geben. Der Skin, der urdeutsch zwar nicht Ronny, Silvio, Mario oder Mike, aber immerhin René hieß, erhob sich und meinte etwas verspätet: »Ick hoff, ick stör nich.«

»Nee, nee«, log ich und leitete ihn ins Wohnzimmer, wo er sich auf die Couch setzte. Wenigstens würde er sich vermutlich die Füße zerschneiden, wollte er unseren neuen Glastisch zertreten, so auf Socken, weißen Socken – die Sau trug auch noch Tennissocken unter ihren Stiefeln! Da wusste man ja gar nicht, was man zuerst …

Micha zerrte mich in die Küche.

»Spinnst du?«, zischte er mir zu. »Das ist bestimmt 'ne Falle!«

»Ach, der ist doch ganz zahm heute«, antwortete ich, während ich ein wenig Weihnachtsgebäck in einer flachen Schale drapierte.

»Ja, heute. Der führt bestimmt was im Schilde.«

»Sei doch nicht immer so misstrauisch.«

Micha schaute mich entgeistert an: »Hast du vergessen, wie der uns sonst immer behandelt? Was der schon gesagt und gemacht hat? Wenn du unbedingt willst, kann ich mir ja auch mal die Rübe rasieren und mich als Skin verkleiden. Aber jetzt ruf ich schon mal die Polizei. Dauert sowieso, bis die kommen.«

»Nun wart doch erst mal ab!«

»Bei dir setzt offenbar alles aus, wenn du einen geilen Kerl siehst«, schimpfte mein Gatte. »Du bist eine solche Klischee-Schwuppe!«

Das war zu viel. Nun wollte ich René erst recht nach allen Regeln der Kunst bedienen. Mit Gebäck natürlich, und …

»Tee?«, fragte ich unseren unerwarteten und ursprünglich unerwünschten Gast, als ich die Schale vor ihm auf den Tisch stellte. Und mich gleich darauf am liebsten geohrfeigt hätte: Vermutlich wollte der Typ, wie er so dasaß, breitbeinig, mit seinen langen Schenkeln in den engen Jeans, mittlerweile eine Zigarette rauchend, lieber ein Bier. Und sicher sah er noch appetitlicher aus, wenn er die lange Flasche an seinen Mund führte und …

»Nee, lass ma, ick wollt ja nich lang bleiben«, antwortete er und schaute lächelnd zu mir hinauf. Ich warf einen Blick zu Micha, der im Hintergrund in der Küchentür stand, das Telefon in einer Hand. Und in der anderen wieder den Baseballschläger.

»Ihr habt's aber echt hübsch hier«, meinte René und schaute sich mit seinen schönen blauen Augen demonstrativ im Zimmer um.

»Hm«, erwiderte ich.

»Na ja, hätt ick mir ja denken können.«

»Ach ja?«

»Ja, Schwule soll'n doch Talent für so wat besitzen. Mir wundert bloß, dittir an den Wänden ja keene Bilder von …«

Als er sah, wie ich unwillkürlich eine Augenbraue hochgezogen hatte, stockte er. »Von was?«, fragte ich.

»Na ja, ick hab in meener Bude ja ooch …«

Was? Bilder von nackten Kerlen? Statuen mit dicken Pullern? Poster mit im gemeinsamen Geschlechtsakt schwitzenden schwulen Skinheads?

»Scheiße, sorry. Willste dich nich hinsetzen? Wo issen eijentlich dein Freund?«

Der stand immer noch in der Tür und beobachtete uns. Auch wie René, kaum hatte ich mich gesetzt, sich vorbeugte, seine Rechte nach vorn schnellen ließ … und sich einen Dominostein griff. Von hinten polterte Micha heran. Erschrocken hielt unser Nachbar im Kauen inne und sah meinen Mann groß an.

»Ey, dit …«, begann er mit vollem Mund.

»Na, nu sag schon, was los ist«, fiel ihm Micha ins Wort. »Ist das 'ne Bewährungsauflage von dir: mal zu den Homos von nebenan nett sein? Sollen wir das irgendwo bestätigen, und nächste Woche erklärst du uns dann wieder, was man mit uns machen sollte, und stopfst uns vollgewichste, nach Fisch stinkende Gummis in den Briefkasten?«

Ich schaute meinen Liebsten gequält an. Hätte nur noch gefehlt, dass er unseren Gast »Nazischwein« genannt und rausgeschmissen hätte.

»Du Nazischwein«, brüllte Micha da auch schon, »ich schmeiß dich gleich raus!«

Zu meinem Erstaunen kriegte René weder einen hochroten Kopf, noch stand er auf und versuchte, meinen Gatten zusammenzuschlagen. Im Gegenteil: Der Hüne sank ein wenig in sich zusammen und meinte leise: »Mann, ey, is doch Weihnachten …«

Fast tat er mir leid. Vielleicht war er im Angesicht des Festes von einer sentimentalen Anwandlung übermannt worden. Vielleicht hatte er niemanden, mit dem er während der Feiertage reden konnte. Vielleicht fand er keinen anderen, den er verprügeln konnte. Moment mal … – was dachte ich da eigentlich?

»Ick hab mir doch schon entschuldischt«, meinte René kleinlaut. »Tut mir wirklich leid, watt ick für 'n Schwein war.« Er schaute nicht mehr zu Micha hinauf, sondern auf den Boden.

»Wie ick heut uffjewacht bin, da is mir dit plötzlich klarjeworden. Weeß ooch nich, warum. Und warum ick bisher … – Mann, ick hab so viel Scheiße jebaut! Habb ick jedacht, ick fang bei euch an, dit wiederjutzumachen.« Er deutete auf seine Geschenke und sah dann uns an. »Wollter nich uffmachen?«

Wenn er dabeisitzt, kann's ja keine Bombe sein, dachte ich. Und sagte das auch, nachdem ich nach einem der beiden Pakete gelangt und begonnen hatte, es zu öffnen, und Micha mich hatte zurückhalten wollen. Was es wohl sein mochte? Vielleicht geile Nacktfotos von unserem Nachbarn. Oder besser noch ein Video. Er beim Duschen. Oder beim Gangbang, am besten multikulturell. Nee, dafür hatte die Schachtel die falsche Form. Dann ein Paar seiner Socken. Tagelang in Sechzehn-Loch-Boots getragen. Ich erschrak. Micha hatte recht gehabt: Ich war eine solche Klischee-Schwuppe!

Renés Geschenk bestand aus einem Pfeffer- und einem Salzstreuer, die an jeweils einer Seite so geformt waren, dass sie, wenn man sie zusammenschob, zu einer Gestalt verschmolzen. Ganz ohne Puller. Trotzdem meinte unser Nachbar: »Ick hab jedacht, dit is wie so 'n Symbol für euch, als Paar.«

Was Micha etwas besänftigte, der mich auch das zweite Paket hatte auspacken lassen – schon, um nicht den Baseballschläger aus der Hand legen zu müssen.

»Jetzt haben wir gar nichts für dich«, meinte ich zu René, nachdem ich mich bedankt hatte. Wie, nachdem ich ihn gestupst hatte, auch Micha.

»Nee, brauchter doch nich«, antwortete unser Nachbar schnell. »Dit sollte doch 'ne Wiedergutmachung sein. Und wenner wollt, könnten wa ja noch jemeinsam …«

Er sah uns mit seinen durchdringenden blauen Augen erwartungsvoll an.

Es wurde dann wirklich noch ein schöner Abend. An diesem Weihnachten erfüllte sich, was ich mir schon seit langem gewünscht hatte, bei jeder Begegnung mit unserem Nachbarn, bei jedem Gedanken an ihn: dass der Terror von nebenan aufhörte. Nicht dass René … obwohl das selbstverständlich auch sehr hübsch gewesen wäre. Aber erstens kann man nicht alles haben, zweitens sind nun mal nicht alle Männer schwul, und drittens wäre Weihnachtsbesuch, der sich als Sexspielzeug verdingt, ja auch wirklich eine geschmacklose Geschichte.

☆
2.
TEIL:
DER
BAUM
IST GRÜN,
UND DAS FEST
Dauert Drei Tage
DIE
WEINACHTS-
ZEIT

Weihnachten hoch drei

THILO ROCK

I.

Ich bin der Weihnachtsmann. Natürlich nicht. Da sowieso niemand mehr an den Weihnachtsmann glaubt, kann ich es gar nicht sein. Zugegeben, ich werde oft mit ihm verwechselt. In Wirklichkeit bin ich der liebe Gott. Und – um endlich einmal die Wahrheit zu sagen – ich habe das alles nicht gewollt. Die Erde war ein Missgeschick. Habe mal so das Licht angeknipst, Darm und Blase entleert, und weil mir fad war und sonst nichts da gewesen ist – selbst ein Gott will nicht ständig die eigenen Extremitäten beanspruchen, das ist auf die Dauer ziemlich monotheistisch –, hab ich ein bisschen mit meinen Exkrementen gespielt. Ist doch nichts Anrüchiges, lediglich heilige Scheiße, salopp gesprochen.

Nur dann musste ich ziemlich niesen, und – Hatschi – waren sie da, diese kleinen Rotzbengel. Faszinierend!, dachte ich, man lernt nie aus als Gott.

Anfangs fand ich es ganz witzig, wie diese Menschlein so nackt durch den Garten gehüpft sind. Auf die Dauer war's jedoch öde. Kein Anflug von rebellischer Kreativität funkelte in ihnen. Nichts, was sie als selbständig ausgewiesen hätte. Vielleicht, dachte ich, fehlt ihnen was, gegen das sie verstoßen können. Also habe ich zu ihnen gesagt: »Seht den Baum dort«, den ich übrigens »Baum der Erkenntnis« genannt habe, dabei war's bloß ein verkrüppeltes Bäumchen, dessen Früchte nicht sonderlich schmackhaft waren, »von dem sollt ihr nicht essen.« Haben sie auch nicht.

Wie verschlafen kann man eigentlich sein, dass man nicht das Verlangen hat, von verbotenen Früchten zu naschen? Musste ich mich also als Schlange verkleiden und ihnen einzischen, sie würden – verteufelt noch mal! – was verpassen, wenn sie sich nicht 'ne ordentliche Portion Erkenntnis abpflückten. Und als sie diese ungeheure Straftat endlich vollbracht hatten, kamen sich die Menschlein doch tatsächlich nackt vor. Na, sieh mal einer an!, dachte ich. Langweilig fand ich sie trotzdem unverändert.

Da hilft es auch nicht, dass sie mir huldigen, mich lobpreisen oder gar anbeten. Und – also, nee – die ganze Zeit dieses Geseiere, das ist wirklich kaum auszuhalten. Und dann sind sie wahrlich zu weit gegangen. Mir ein Kind unterzuschieben war sehr, sehr dreist! Da konnte man schon vom Glauben abfallen. Ich bin der liebe Gott. Der liebe Gott! Wie soll ich denn – bitte schön – Kinder kriegen? Kann mir das mal jemand erklären?! Mit dem Heiligen Geist oder was? Das ist ein Geist, der ist sowieso nie zu erkennen.

Außerdem ist es extrem impertinent, mich ausgerechnet für diesen mittelmäßigen, zugefuselten Handwerker mit fortgeschrittener Todessehnsucht verantwortlich zu machen! Also ab da hatte ich die Schnauze voll. Ich hoffe, sie haben's bemerkt. Seit zweitausend Jahren habe ich nicht mehr heruntergefunkt. Und wenn mal jemand von ihnen bei mir angeklingelt hat, bin ich einfach nicht rangegangen.

Neulich aber hat mich die Sehnsucht gepackt. Ich wollte nachschauen, wie's so zugeht auf der guten alten Erde. Und was musste ich sehen?! Die Menschlein haben gelernt! Sie brauchen mich nicht mehr, um sich das Leben schwerzumachen. Nur eine Sache, die nehme ich ihnen ebenfalls übel: dass sie mich mit dem Weihnachtsmann verwechseln! Dabei gibt's den doch gar nicht.

II.

Gestatten, Gott. Klingt doch gut. Gestatten, Gott. Der liebe Gott. Ein Opfer bitte, gegrillt, nicht verbrannt. So könnte ich mich den ganzen Tag lang vorstellen. Leider bin ich bloß der Weihnachtsmann. Was mir niemand abnimmt. Dabei verkleide ich mich schon extra: roter Mantel und ein Pfund Engelshaar unterm Kinn, als sei ich der Herrgott persönlich. Dass sich die Menschen auch immer ein Bild von mir machen müssen!

Sämtliche Kinder mit Nüssen und Äpfeln zu beglücken kriege ich längst nicht mehr hin. Meine Besuche verlaufen eher stichprobenartig. Doch sie laufen, wenn auch manchmal schief, wie letztens bei den Mitzkes. Bei denen ich spätabends geklopft habe. Dauerte recht lange, bis mir ein schmaler Mann öffnete. »Ja?«

Darauf ich: »HohoHOO!«

»Oh, Sie müssen sich irren. Wir ... äh, ich habe keinen Weihnachtsmann bestellt.«

»Niemand bestellt mich! Ich komme stets in der Heiligen Nacht, um die Kinder zu bescheren.«

»Hier gibt es keine Kinder. Ich bin ja Pfarrer!«

Darauf ich: »Das können Sie dem Papst erzählen!«

Darauf sagt er nichts mehr, nur »Autsch!«, denn ich stoße ihn zur Seite und dränge mich an ihm vorbei in die gute Stube. In deren Mitte: eine jüngere Frau. Pfarrer Mitzke beeilt sich, mir zu folgen. »Heidrun, äh ... Fräulein Hötzl, dieser Mann, du siehst ja. Er sucht Kinder.«

Fräulein Hötzl zittert. »Und Ihr Name war …?«

»Ich bin der Weihnachtsmann! Ihr Kind ist …?«

»Hiob?«, fängt Fräulein Hötzl an, doch Pfarrer Mitzke unterbricht sie: »Wie kommen Sie darauf, dass …?«

»Ich kann Kinder riechen! Und Ihr Kind befindet sich in diesem Schrank dort.«

Ertappt, wie sie sind, ist mit den beiden gar nichts mehr anzufangen. Sie reden reichlich wirr. Dabei war das mit dem Kinder riechen können ein Witz und der Schrank bloß eine Vermutung.

Jedenfalls steht kurz darauf ein im Gegensatz zu den Erwachsenen ziemlich gefasstes Bürschlein im Raum. »Haben dich meine Eltern gemietet?!«

»HohoHOO! Ich bin der Weihnachtsmann! Und zwar der echte! Mich mietet niemand.«

»Du willst der echte Weihnachtsmann sein?«

»Glaubst du nicht an mich?!«

»An einen Weihnachtsmann, der aussieht wie der, den Haddon Sundblom 1931 für den Coca-Cola-Konzern entworfen hat?«

»Moment mal, kleiner Mann, wie alt bist du denn?«

»Zwölf! Und ich kenne mich aus mit alten Männern, die es nicht gibt. Der eine bist du, und für den anderen arbeitet mein Vater …«

»Hiob!« Fräulein Hötzl und Pfarrer Mitzke, die unserem Dialog eher starr beigewohnt haben, stürzen sich nun auf ihren Sohn.

»Keine Sorge«, versuche ich die Lage zu entspannen, »mir sind Ihre Familienverhältnisse echt egal!«

»Sollte es dir aber nicht. Sag lieber mal dem lieben Gott …«

»Den gibt's ja gar nicht. Hast du das nicht eben …?«

Hiob Hötzl sieht mich entsetzt an. Tränen schießen in sein Gesicht: »Ich hab doch nur ... Ich meine, mein Vater ... Warum müssen wir uns dann verstecken?« Jetzt flennt er richtig los. Pfarrer Mitzke bedeutet mir mit erhobenem Kruzifix, besser andere Kinder unglücklich zu machen.

Später und draußen werde ich von zwei verkleideten Weihnachtsmännern zusammengeschlagen. Sie sind auf meinen Sack aus. Als sie feststellen, dass dieser mit Äpfeln und Nüssen gefüllt ist, verstärken sie ihr Prügeln. »Du bist der mieseste Weihnachtsmann, der uns je untergekommen ist!«

»Ich bin gar kein Weihnachtsmann, ich bin der liebe Gott«, wimmere ich.

Da hören sie tatsächlich auf, auf mich einzutreten. Aber bloß, weil sie mich vor Lachen nicht mehr treffen. Gott hat anscheinend eine noch schlechtere Lobby als der Weihnachtsmann.

III.

Ich bin das Christkind. Ich habe keine Geschenke dabei. Hat sich ausgeschenkt. Vielleicht hat der Weihnachtsmann was übrig. Inzwischen soll er ja für Coca-Cola arbeiten.

Wir waren mal so ein prima Team. Er hat die Säcke mit den Äpfeln und Nüssen geschleppt, und ich habe immer süß ausgeschaut. Wobei, so richtig glücklich war ich damit nie. Schon fies: Seit über vierhundert Jahren werde und werde ich nicht erwachsen und sehe aus wie ein elfjähriger Backfisch! Ach, was habe ich nicht für wundervolles Haar. Wie ein Engelchen! Auf der Straße rufen sie mir nach: »Mädchen! Mädchen!« Wie soll ich so jemals eine Frau abbekommen?

Vor allem müsste eigentlich dieser Jesus meinen Job machen. Den nannten sie doch Christuskind. Ich aber bin das Christkind. Na ja, der Kerl hat's auch nicht leicht gehabt. Angeblich ist er ja der uneheliche Sohn vom lieben Gott. Möglich, dass er das längst selber denkt. Was für ’n Blödsinn! Wer bitte glaubt noch an Gott? Und Jesus ist sowieso das Kind vom Weihnachtsmann.

Als Claus – so heißt er privat – deutlich jünger gewesen ist, war er römischer Legionär und in Palästina stationiert. So fesch mit Uniform und nicht in diesen Schrankenwärterklamotten.

In seiner Freizeit hat sich Claus durch die Dörfer gepimpert. Hatte die todsichere Nummer drauf. Mit dem Spruch hat er jede rumgekriegt. Eben auch diese Maria: »HohoHOO! Ich bin der liebe Gott und will dir ein Kind schenken, auf dass die Menschheit erlöst werde.«

Was eigentlich erlöst werden sollte, ist klar. Aber Maria pliert ihn mit weit aufgerissenen Augen an, ihren Unschuldsblick kennt man ja von den Bildern, und säuselt: »Echt? Der liebe Gott? Ich dachte, der schickt mir seinen Heiligen Geist.«

»HohoHOO!«, hat Claus darauf gelacht, »das wäre ja noch schöner. Den Braten muss ich dir schon selber ins Rohr schieben!«

Später hat er dann mit ansehen müssen, was sein Sohn für ’ne steile Karriere hinlegte. Vor allem postum. Das muss man ihm erst mal nachmachen. Den Claus hat’s trotzdem gewurmt. Irgendwann verlor er auch noch den Job bei der Legion. Sein Arbeitgeber musste Insolvenz anmelden. Geschäftsaufgabe wegen Untergangs. Gerne hätte er seinen berühmten Sohn angepumpt, aber der war ja tot. So hat sich Claus gedacht: »HohoHOO! Übernehm ich halt das Merchandising.« Und um das anzukurbeln, hat er ’ne ordentliche Party geschmissen zu Jesu seinem Geburtstag. Und das lief gut. Sehr gut sogar. Das ließ sich jedes Jahr feiern.

Weil Claus jedoch ein oller Zausel war, wusste er nicht, wie er das aufziehen sollte. An dieser Stelle bin ich ins Spiel eingewechselt worden. Quasi für Jesus. Keine Ahnung, woher ich plötzlich kam, ich war einfach da. Ich, das Christkind, ohne Vergangenheit und irgendwie auch ohne Zukunft. Ich sehe noch so aus wie vor Jahr und Weihnachtstag, während Claus immer mehr einem ollen Apfelmännchen gleicht. Prompt kam er auch vor ein paar Jahrzehnten an und meinte, er sei inzwischen zu alt, um all die Geschenke zu schleppen. Ich dagegen …

Seitdem kann er seine Äpfelchen allein unter die Gören bringen. Ich werde mich bei den nächsten Passionsfestspielen bewerben und lasse mich kreuzigen. In Zukunft müssen Weihnachten und Ostern wohl zusammen gefeiert werden.

☆
2.
TEIL:
DER
BAUM
IST GRÜN,
UND DAS FEST
Dauert Drei Tage
DIE
WEINACHTS-
ZEIT

Weltkriegsweihnachten

Georg Weisfeld

In der Herbstausgabe 2009 des Seniorenmagazins »Heimatfreunde« schrieb der Rentner Heinz Scholte (Jahrgang 1938) über die Ereignisse eines Heiligabends aus seiner Kindheit:

»24. Dezember 1944

Über uns hörten wir die feindlichen Bomber, immer wieder bebte der Luftschutzkeller, und ich klammerte mich an den Rockzipfel meiner Mutter.

Es waren überwiegend Kinder, Mütter und Alte, die in diesem engen Raum auf das Ende des Angriffes warteten.

Trotz der widrigen Umstände kam für uns Kinder nach etwa einer halben Stunde der große Moment: Mit »Sieg Heil!« betrat der Weihnachtsmann den Luftschutzkeller.

»Dem Ratke steht das Weihnachtsmannkostüm viel besser als die SS-Uniform ...«, flüsterte meine Tante meiner Mutter ins Ohr.

»Halt deinen Mund!«, zischte meine Mutter zurück.

Nach dem Absingen einiger Weihnachtslieder gab es endlich die Geschenke: Jedes Kind erhielt einen köstlichen, verrunzelten Apfel!

»Gut einteilen!«, bellte der Weihnachtsmann. »Muss bis zum Endsieg reichen.« Dann verließ er den Keller.

Langsam verebbte das Gedonnere, und wir Kinder begannen, uns gegenseitig unsere Äpfel zu präsentieren. Nur einer beteiligte sich nicht daran: der stets ruhige Fritz, ein sechsjähriger Junge aus meinem Nachbarhaus.

Ich ging zu ihm hin und fragte ihn, ob er sich denn nicht über sein Geschenk freue. Er schaute mich mit seinen großen Augen geheimnisvoll an, zog mich ganz dicht an sich heran, und ja, ich kann es beschwören, er flüsterte mir ins Ohr: »Ich habe mir zu Weihnachten keinen Apfel gewünscht, sondern eine Playstation 3 von Sony.«

Keine zwei Sekunden später traf das Haus eine Zehn-Zentner-Bombe, alles bebte, meine Mutter zog mich fort, und wir eilten aus dem zusammenbrechenden Keller.

Ob Fritz den Einsturz des Kellers überlebt hat, weiß ich nicht – ich habe ihn danach nie wiedergesehen. Aber seine Visionen haben mir die Kraft gegeben, die letzten Kriegsmonate durchzustehen …«

Anmerkung:

Vor anderthalb Jahren starb Heinz Scholte in seiner Berliner Wohnung. Im Nachlass fanden sich einige Anschreiben der Firma »Sony History Reloaded«, ein Subunternehmen des Weltkonzerns Sony, und es ist davon auszugehen, dass Herr Scholte von dieser Organisation finanzielle Zuwendungen bekam, um seine karge Rente aufzubessern. Im Gegenzug sorgte er in Berichten und Leserzuschriften, die er für verschiedene Seniorenzeitschriften verfasste, dafür, dass in diesen stets Unterhaltungsmedien von Sony genannt wurden.

Einem durchgesickerten Strategiepapier kann man entnehmen, dass der Sony-Konzern mit dieser Werbemaßnahme probiert, die stetig wachsende Generation der Über-Siebzigjährigen für ihre Entertainmentsparte als Kunden zu gewinnen.

☆
2.
TEIL:
DER
BAUM
IST GRÜN,
UND DAS FEST
DAUERT DREI TAGE
DIE
WEINACHTS-
ZEIT

Jesus auf dem Teufelsberg

ANSELM NEFT

Nichts hätte ich lieber getan, als die Geburt Christi im Schoß meiner Familie zu feiern. Leider waren all meine Leute beim letzten Weihnachtsfest einem sinnlosen Gewaltverbrechen zum Opfer gefallen, ohne dass ich mir diesen grausamen Vorfall erklären konnte. Meinem Herzenswunsch nach Austausch und Geborgenheit musste ich an diesem Heiligen Abend auf andere Weise genügen. Da es mir im dumpfen Berlin ständig an ebenbürtigen Gesprächspartnern mangelt, hatte ich dort ein altes Hobby wieder aufleben lassen: magische Beschwörungen. So zog ich also in der Heiligen Nacht auf den Teufelsberg und beschwor den Geist von Jesus Christus. Immerhin trieben mich neben der Einsamkeit gewichtige theologische Themen um. Hätte ich früher noch ein ordentliches Brimborium mit abgezirkelten Ritualkreisen, schwarzen Kerzen aus dem Unschlitt ungetaufter Böcke, mühsam erstellten Sigillen und die zehn Sephiroth repräsentierenden Edelsteinen veranstaltet, nahm ich nun eine von den grünen, eine blaue und eine gelbe Pille mit einem Krug Whiskey und starrte dann auf ein aus dem Internet ausgedrucktes Bild von Jesus Christus. Tatsächlich erschien mir bereits nach wenigen Minuten ein Geist: eine schwarze Frau im Rollstuhl, die sich in englischer Zunge als »Downtown Jesus« vorstellte und mir lupenreines Crack anbot. Ich verscheuchte die unerwünschte Erscheinung mit einem kunstvoll gerülpsten »Fuck off!« und konzentrierte mich weiter. Schemen zogen an mir vorbei: Johannes Paul der II., Heinrich Himmler, Jürgen Fliege. Moment, Fliege? War der Menschenflüsterer denn schon tot? Ich beschloss, die Antwort zu Hause zu ergoogeln, und fixierte dann wieder das Bild in meiner Hand. Ein Wind kam auf. Die Äste der Laubbäume zitterten. Mit einem Male roch es streng, aber gerecht. Erst hörte ich nur seine Stimme, dann sah ich ihn: klein, dicklich, mit etwas kurz geratenen Armen und vermutlich dunkelbraunen Augen. Der Mann, der nun vor mir stand, glich eher Danny de Vito als dem hübschen Hippie auf meinem Bild, und doch sagte mir mein Herz: Er ist es. Bald stellte ich auch fest, dass die in ein dreckiges Laken gehüllte Erscheinung ihre Worte in westlichem Aramäisch an mich richtete, einer Sprache, von der ich während meines Studiums an der Miskatonic University in Arkham gottlob die nötigen Brocken aufgeschnappt hatte.

Natürlich verlief das Gespräch zwischen mir und dem Jesus-Geist nicht ohne sprach- und mentalitätsbedingte Verständigungsprobleme, aber ich glaube doch, dass die Qualität unserer Unterhaltung die folgende, gewissenhaft notierte und anschließend geglättete Wiedergabe rechtfertigt:

»Grüß Gott, Jesus.«

»Grüß dich. Wo bin ich, wer seid Ihr?«

»Wir sind in Berlin, und ich bin Anselm, dein Beschwörer.«

»Anselm? Nie gehört. Mein letzter Beschwörer hieß Xavier. Netter Kerl. Hat mir ein wundersames Kraut zum Rauchen angeboten und in Zungen gesprochen und gesungen.«

»Das freut mich, Jesus. Auch bei mir sollst du es gut haben.«

»Ach schön. Danke.«

»Aber ich habe auch Fragen auf dem Herzen.«

»Nur zu. Ist mal was anderes. Oft werde ich von Satanisten beschworen, die dann bloß ihren Flachs mit mir treiben.«

»Ja, kann ich mir denken: aufs Kreuz legen und nageln und solche Sachen. Also pass auf:

Bist du Zelot, Essener, Pharisäer, von kynischer Philosophie geprägter Jude, Antisemit, uneheliches Kind eines römischen Soldaten, Mithras-Kultist, Feminist, Außerirdischer, wiedergeborener Osiris …?«

»Gottes Sohn.«

»Ach so.«

»Ja: ach so! Die Welt, die mein Vater geschaffen hat, ist ein derart beschissener Ort, dass er mich dahin geschickt hat, um die darin herumtaumelnden Unglücksraben zu erlösen.«

»Lieb von ihm. Aber wenn dein Vater allmächtig und gut ist, wie kann dann seine Schöpfung …?«

»Jajaja … Wenn immer alles schön und süß und schmerzfrei wäre, wäre das gut?«

»Wie bitte?«

»Hätte ich dann meinen Riesenauftritt hinlegen können? Hättet ihr verbohrten Erdenwürmer euch diese ganzen abgefahrenen Geschichten ausgedacht? Ist es nicht besser, dass etwas ist, als dass nichts ist?«

»Du meinst, die perfekte, heile Welt …«

»… wäre das Nichts. Bingo!«

»Gut, anderes Thema. Gerade in Deutschland fordern Theologen immer wieder Reformen von der katholischen Kirche. Unter anderem soll der Zölibat fortan für Priester freiwillig sein.«

»Langsam. Ich komme nicht mit. Was sind Theologen?«

»Schriftgelehrte.«

»Ah ja, diese Brüder. Und katholische Kirche?«

»Na, dem Wort nach eine allgemeingültige Kirche, die …«

»Danke, aber ich kann Griechisch. Nur weil ich Zimmermannssohn bin, brauchst du mich nicht für ungebildet zu halten.«

»Entschuldigung. Na, die Katholiken berufen sich zumindest auf dich. Sie nennen sich Christen.«

»Gesalbte?«

»Nein, Anhänger des Gesalbten. Also von dir.«

»Seit wann bin ich denn gesalbt? Was heißt denn hier gesalbt?«

»Ist ja auch egal, zumindest haben die Katholiken Priester, und die sind seit dem 11. Jahrhundert verpflichtet, ehelos zu leben.«

»Priester ohne Eheweib? Sag mal, welches Jahr schreiben wir?«

»2011 nach Christus.«

»2011 Jahre nach mir?«

»Ja.«

»Alle Wetter. Zu meiner Zeit mussten Priester verheiratet sein. Sonst galt man als ein bisschen zwielichtig, du verstehst.«

»Aber du warst nicht verheiratet.«

»Wie kommst du darauf?«

»Weil es nicht in der Bibel steht.«

»Bibel, was für eine Bibel?«

»Na, das Neue Testament. Die Evangelien.«

»Potz Blitz. Ein Buch über mich?«

»Ja, du bist die Hauptfigur. Es heißt, die Jungfrau Maria hat dich heute vor über zweitausend Jahren in Bethlehem in einem Stall geboren.«

»Stall kommt hin: Nazareth ist ein derart stinkendes Kaff, da kann man schon von Stall reden. Aber wie kommst du auf Bethlehem? Heiße ich Jesus von Bethlehem oder Jesus von Nazareth?«

»Nazareth.«

»Na also, und wie hast du meine Mutter genannt?«

»Die Jungfrau Maria.«

»Maria? Seit wann heißt meine Mutter Maria? Und ihr Sternzeichen ist Schütze.«

»Na, da gibt es wohl ein paar Missverständnisse. Aber du warst zumindest nicht verheiratet, stimmt's?«

»Ich war ja ein uneheliches Kind und deshalb kaum vermittelbar. Und meine Mutter hat eh immer gesagt, Jesusschätzchen, du bist zu gut für diese Welt. Und du bist auch zu gut für diese Schlampen hier im Ort. Und da muss ich ihr recht geben. Ich bin heilfroh, dass mir niemand so eine zwölfjährige Trulla ans Bein gebunden hat. Das hätte ich mir auch gar nicht leisten können.«

»Hast du was gegen Frauen?«

»Keineswegs, sind einige ganz Passable darunter. Meine Mutter zum Beispiel.«

»Wo wir bei deiner Mutter sind: Was hältst du von der Idee, dass auch Frauen Priester werden können?«

»Hmm, interessanter Gedanke, aber wer stellt dann das Essen auf den Tisch und wienert die Sandalen?«

»Das können doch Männer genauso gut wie Frauen tun.«

»Im Prinzip hast du recht. Oder eben Kinder. Oder Negersklaven. Ich habe einige sehr kluge und fromme Frauen kennengelernt. Von mir aus können die auch Priester werden. Solange nicht irgendein Samariter Priester wird, bin ich's zufrieden.«

»Was hast du gegen Samariter?«

»Na, wenn da mal einer unter denen barmherzig ist, ist das schon eine Geschichte wert. Das sagt doch alles. Völlig verkommenes Volk.«

»Sehe ich auch so. Also, Jesus, du warst nicht verheiratet?«

»Maria Magdalena hat immer behauptet, sie wäre mit mir verheiratet. Aber ich kann mich an nichts erinnern. Unter uns: Die hatte auch einen kleinen Schatten. Sieben Dämonen konnte ich ihr austreiben, aber da muss noch ein achter übrig geblieben sein. Aber was ist denn so wichtig daran, ob ich verheiratet war oder nicht?«

»Na, falls jemand deine Nachfolge antritt, dann will der halt alles so machen wie du.«

»Gut, verstehe. Also, was ist typisch für mich? Ich hatte zum Beispiel die größte Rundkieselsammlung in ganz Galiläa. Außerdem bin ich auf selbstgebastelten Stelzen durch den See Genezareth gegangen und kann römische Soldaten und ihren beknackten Dialekt perfekt nachmachen. Das gab immer ein großes Hallo.«

»Ich glaube, es geht mehr um deine Lebenshaltung.«

»Klar, da kann ich auch mit dienen: Scheiß auf Zaster, scheiß auf Macht, tue Gutes, gute Nacht.«

»Gute Nacht?«

»Ich benutze Reime als rhetorisches Mittel. Gern auch mit ironischer Brechung in der letzten Zeile.«

»Ist in der Bibel nichts von zu merken. Aber egal. Du meinst also, die Sache mit der Ehe ist unwichtig?«

»Kannst du mir mal so eine Bibel geben? Das interessiert mich wirklich sehr, was darin so über mich steht.«

»Da steht zum Beispiel, dass du über die Ehe Folgendes gesagt hast: Manche sind von Geburt an zur Ehe unfähig, andere werden von den Menschen dazu gemacht, und manche haben sich selbst dazu gemacht – um des Himmelsreiches willen. Wer das erfassen kann, der erfasse es.«

»Ja, das klingt gut. Das klingt nach mir.«

»Und was meintest du damit?«

»Ist doch klar: Jeder Jeck ist anders.«

»Das ist alles?«

»Ist dir meine Weisheit nicht tiefgründig genug, oder was? Hat sich der feine Herr Beschwörer mehr versprochen?«

»Nein. Schon gut. Reden wir über etwas anderes: Keuschheit.«

»Sag mal, mein Freund, kann es sein, dass du von den Themen ›Ehe‹ und ›Sex‹ ein bisschen besessen bist? Ich bin kein Kuscheltherapeut, sondern ein radikaler Revolutionär. Ich wollte die Menschen aus der Verstrickung von Gewalt und Gegengewalt, von Macht und Ohnmacht befreien. Und nebenbei die verfickten Römer zum Teufel jagen.«

»Ja, cool, aber wir heutzutage interessieren uns nicht mehr so sehr für Revolution und so, sondern für ein erfülltes Privatleben: Beziehungen, Sex, Zärtlichkeit – das sind die letzten Heilsversprechen, die geblieben sind.«

»Seid ihr alle meschugge?«

»Ja. Und jetzt möchte ich deine Meinung zur Keuschheit wissen.«

»Na bitte. Ich habe versucht, keusch zu leben. Ich wollte nicht so sein wie diese von Lüsternheit getriebenen Kameltreiber. Und du hättest erleben sollen, wie stolz meine Mutter war: *Mein Sohn ist so fromm, der fasst keine an. Mein Sohn ist vom Himmel gefallen. Mein Sohn treibt es nicht wie die Ziegenböcke und Schakale.* Na ja, meine Mutter. Vielleicht rede ich etwas viel über sie.«

»Also: Hattest du als hitzköpfiger Revolutionär nun ein Sexualleben oder nicht?«

»Ja doch, du Vollpfosten? Ich war manchmal so einsam, dass es mir das Herz zerrissen hat. Die Wüste, die Nacht, all diese Trottel um mich herum. Ich wollte verstanden werden, verstehst du? Und dass mich jemand im Arm hält und mich so liebt, wie ich bin, inklusive Körper, Pillermann und all meinen Schrullen.«

»Das verstehe ich. Aber was würdest du denn jetzt den Priestern raten, die dir nachfolgen wollen?«

»Hab ich das nicht schon gesagt?«

»Sag's ruhig noch mal!«

»Also, die besten Rundkiesel findest du nicht am Ufer, sondern wenn du ein bisschen ins Wasser reingehst. Manchmal nutzen da auch Stelzen und ein Fischernetz.«

»Hmm.«

»Reicht das nicht? Was willst du noch hören? Vielleicht der hier: Bleib bei Feiertagen nicht länger als zwei Tage mit deiner Familie in einem Haus voller Alkohol und Gebäck, sonst kann das böse enden. Und vor allem: Trau keinem Samariter. Jetzt zufrieden?«

Das waren die letzten Worte, die Jesus in dieser Heiligen Nacht auf dem Teufelsberg an mich richtete. Denn plötzlich kam wieder ein Wind auf, die Erscheinung wurde durchscheinend und war schließlich von einem Augenblick auf den anderen verschwunden.

3. TEIL: AUS! AUS!! AUUUS!!! DAS FEST IST auuuuuuuuus!

DIE NACH-WEIHNACHTS-ZEIT

☆
3.
TEIL:
AUS!
AUS!!
AUUUS!!!
DAS FEST IST
auuuuuuuus!
DIE NACH-
WEIHNACHTS-
ZEIT

Weihnachten in der Heimat

Lea Streisand

Niemals ist es in Berlin so schön wie zu Weihnachten. Es gibt keine Engländer, keine Spanier, keine Klassenfahrtsgruppen, keine Junggesellenabschiede, keine Pub-Crawls. In Friedrichshain wird berlinert, in Prenzlauer Berg gibt es Parkplätze, und man kann durch Mitte laufen, ohne nach dem Weg gefragt zu werden.

Denn alle, ausnahmslos alle, die zugezogen sind, sind nach Hause gefahren. In ihre Dörfer und Kleinstädte. Mit den Lichterketten, die die Häuser umrahmen, mit Straßen ohne Hundescheiße, zurück in die kleine heile Welt, aus der sie geflohen sind. Sie müssen sich hineinzwängen in die Identität ihrer Kindheit, die ihnen zu eng geworden ist wie ein eingelaufener Pullover und die sie doch ausgetauscht hatten gegen eine größere, lockerere, freiere, eine angeblich selbstgemachte. Dort treffen sie sich mit Schulfreunden, denen sie nichts mehr zu sagen haben, tanzen zu Musik, die sie nicht mehr mögen, und müssen sich fragen lassen, wann sie denn endlich mit dem Studium fertig zu werden gedächten oder ob Kunst denn wirklich das Richtige für sie sei.

Denn Weihnachten feiert man immer da, wo Heimat ist, und Heimat ist immer da, wo die jüngste Generation geboren wurde.

Deswegen kriegen die Leute auch sofort Kinder, wenn sie nach Berlin kommen. Denn wer selbst keine hat, der muss Weihnachten zu seinen Eltern. Wer Nachwuchs gezeugt oder geboren hat, der darf hierbleiben und stolz von sich das behaupten, wofür Kennedy noch die Mauer brauchte: Ich bin ein Berliner.

Denn nur die Berliner bleiben Weihnachten zurück und haben einmal im Jahr ihre Stadt ganz für sich allein.

Dann endlich, endlich müssen wir keine Erwartungen mehr erfüllen. Wenn die Zugezogenen am 23.12. alle abgefahren sind, dann können wir uns endlich so geben, wie wir wirklich sind.

Dann räumen wir zuerst den Müll von der Straße und sammeln die Hundescheißeattrappen ein. Wir legen überall bunte Teppiche hin und zünden Kerzen an. Wir grüßen einander freundlich und tragen den Omas die schweren Taschen nach oben. Es ist nämlich alles umsonst, wenn die Zugezogenen nicht da sind. Die Bäcker verschenken Brot und Pfannkuchen, und in allen Kneipen gibt es Freibier. Selbstverständlich ist das Rauchverbot dann aufgehoben. Niemand muss Döner oder Currywurst essen zu Weihnachten, denn eigentlich mögen wir das Zeug gar nicht. Sämtliche Busse und Bahnen kommen pünktlich, und natürlich braucht niemand eine Fahrkarte. Wer will, kann sich auch von Polizei oder Feuerwehr ein Auto leihen und damit durch die Gegend cruisen. Die Punks, Penner und Junkies am Kotti gehen zurück in ihre Villen nach Zehlendorf und schreiben philosophische Abhandlungen. Die Pankower Nazis gehen mit den Neuköllner Türken einen trinken. Alle dürfen Hochdeutsch sprechen. Die Gefängnisse werden geräumt und zu Schwimmbädern umgebaut, die Kranken erheben sich aus ihren Betten, die Blinden schmeißen ihre Stöcke weg, die Lahmen gehen tanzen. Jeder darf folgenlos mit jedem ins Bett gehen. Und am 24.12. werden im Reichstag die Sitzreihen der Abgeordneten rausgerissen, und dann feiern wir alle zusammen eine riesengroße Party.

So geht das drei Tage. Und dann, am 27. oder 28.12., ruft einer von denen, die auf dem Berliner Ring und am Hauptbahnhof Schmiere stehen: »Achtung, sie kommen!«, und dann müssen wir ganz schnell wieder alles dreckig machen, und jeder muss wieder dorthin, wo er hingehört. Dann kommen sie nämlich alle wieder, die Wahlberliner, die sogenannten, und bringen alle ihre Freunde mit. Denen wollen sie ja dann schließlich zeigen, wie scheiße die Berliner sind und wie unfreundlich und wie dreckig das hier ist und wie gefährlich und verrucht und szenig und multikulti.

Und wir machen brav das, was man von uns erwartet, und sind wieder unfreundlich, dreckig, gefährlich, verrucht, szenig und multikulti. Wir tun so, als würden wir uns hassen, und sperren uns wieder gegenseitig ein und bringen uns um und so.

Nur manchmal, wenn wir glauben, dass keiner guckt, dann zwinkern wir uns gegenseitig zu und flüstern: »Bald ist Weihnachten!«

☆
3.
TEIL:
AUS!
AUS!!
AUUUS!!!
DAS FEST IST
auuuuuuuus!
DIE NACH-
WEIHNACHTS-
ZEIT

Nadelbaum

Frank Sorge

»Bringst du noch den Weihnachtsbaum weg?«

»Ja, okay.«

Die Tür schlug zu.

Seit Jahren hatte ich keinen Weihnachtsbaum gekauft, geschmückt, abgebrannt oder entsorgt, hatte also keine Ahnung, was ich mit diesem Ding jetzt machen sollte. Vor unserer Haustür hatten schon welche gelegen, und dunkel erinnerte ich mich, dass es irgendwelche Zeiträume gab, in denen die Baumleichensammler der Stadtreinigung die trockenen Gerippe auf dem Weg aufluden. Da ich mich zunehmend gut kannte, ging ich fest davon aus und verwettete zwei Kilo Lametta, den Zeitraum bereits verpasst zu haben. Den Baum jetzt einfach vor die Haustür zu legen, wo doch die anderen schon weggeräumt waren, barg außerdem ein Risiko, das ich um nichts in der Welt eingehen wollte: die Aufmerksamkeit unseres Hausmeisters. Er und seine Katze hatten ihre Augen überall, sie ahndeten jede Verfehlung im Flur mit einem gemeinsam verfassten Mitteilungszettel.

Der Baum stand in der Küche und sah außer einem leichten Grauschimmer eigentlich noch ganz munter aus. Sein Dasein als Weihnachtsbaum hatte er sich allerdings bestimmt anders vorgestellt. Erst wurde er überraschend einer im Umgang mit Weihnachtsbäumen geübten Familie entrissen und uns geschenkt, dann hatte man ihn ganz weit weg von Weihnachten selbst in den Wedding gebracht. Statt ihn zentral in einem der großen Zimmer vorne mit den Stuckdecken, den Säulen, dem Marmor und dem Kronleuchter in eine große heilige Harmonie einzubinden, wurde er von uns in eine Küchenecke abgeschoben. Der einzige Schmuck, den wir auf die Schnelle auftreiben konnten, war eine Lichterkette aus dem Zweiten Weltkrieg und eine Lotosblüte. Da das schon ganz gut, aber noch etwas nackt aussah, hatten wir noch eine Orange aufgeschnitten und die Scheiben auf seinen Ästen über die Feiertage trocknen lassen. Das war dann aber schon das ganze Weihnachtsbaumleben, keine Kugeln, keine Sterne, kein Glitter und keine Engel. Nicht ein einziges Geschenk wurde in seinen Schatten gestellt, kein Kind hatte ihn umgerissen.

Nur ein paar Wochen dauerte sein Schattendasein, und jetzt stand ich schon an der Küchentür, rieb mir die Mörderhände und plante seine Beseitigung. Meine Erkundungstour am Vormittag hatte ergeben, dass in den Seitenstraßen noch weitere Bäume lagen, und ich hatte auch schon ein unauffälliges Massengrab ausgesucht. Unter dem Baum hatten sich einige Nadeln angesammelt, ich packte ihn am Hals und schüttelte. Es wurden mehr Nadeln.

Ich schüttelte ein zweites Mal, und es wurden noch mehr Nadeln auf dem Fußboden. Beim dritten Mal fielen weitere Nadeln auf die vorhandenen Nadeln. Ich fand, das reichte jetzt.

Ich schüttelte noch einmal, und es fielen wieder Nadeln auf den Boden. Der Baum selbst sah aber nicht anders aus als zuvor. Bis auf ein fieses Grinsen zwischen den Ästen vielleicht.

Ich schüttelte, er nadelte, ich schüttelte, er nadelte.

»Wie lange wollen wir das Spielchen noch treiben?«, versuchte ich dem Baum mit einem grimmigen Blick zu übermitteln.

Ich wartete einen Moment und schüttelte. Er nadelte.

Auch um die Ecke abgelegt, würde die Nadelspur eindeutig zu unserem Haus führen. Der Hausmeister würde sich zu den Ordnungsbeamten gesellen, und gemeinsam würden sie die Nadeln bis in den zweiten Stock verfolgen, wo die Spur abrupt an einer Wohnungstür endete. Ich schüttelte, er nadelte.

Meine Augenlider verengten sich. »Ich kann dich auch vom Balkon werfen«, drohte ich und schaute durch den Flur, an den Säulen vorbei, durchs Empfangszimmer an Tischen, Stühlen, Schränken bis ganz nach vorne zur Balkontür. Die Nadeln wären überall.

Ich wurde ungehalten und packte ihn, er nadelte. Ich schüttelte ihn mit aller Kraft, er nadelte.

»Das findest du komisch, oder?«

Nadelbaumhumor, ich verschnaufte. Ich ließ ab vom Baum und lehnte ihn an die Wand.

Er nadelte, er fiel um, er rutschte mitten in den Nadelberg. Ich hob ihn wieder hoch, er nadelte, lehnte ihn wieder an, er nadelte, er rutschte wieder weg.

Musste ich ihn zersägen? Und alle paar Tage ein paar Äste in die Biotonne untermischen?

Ich sah ihn mir an, wie er da lag – packte ihn erneut entschlossen am Hals (er nadelte kaum) und zog ihn in den Flur. Natürlich war die Tür zu klein, mir aber scheißegal, und ich zottelte ihn durch, halbe Treppe, halbe Treppe.

»Ja ja, nadel, so viel du willst.«

Halbe Treppe, halbe Treppe. Ein Mieter aus den oberen Stockwerken kam gerade nach Hause, und ich tarnte mich mit dem Baum, bis er vorbeigegangen war. Am Türrahmen unten klemmte der Baum plötzlich irgendwo, ein wahrer Nadelregen prasselte zu Boden, mit Händen und Füßen drückte ich ihn durch, und wir waren im Freien. Ich zerrte ihn über die Seestraße, warf ihn in das ausgesuchte Massengrab, ging weiter und blickte nicht zurück.

Am nächsten Tag kam ich zeitgleich mit dem Sohn der Familie aus dem ersten Stock nach Hause. Er schloss die Haustür auf, es knirschte unter seinen Füßen.

»Hehe, da hat jemand seinen Weihnachtsbaum beseitigt.«

»Ich hab unseren schon lange weggebracht«, sagte ich. »Und so viel hat unserer nicht genadelt, keine Ahnung, wer das hier war!«

»Na ja, das war denn einer von oben.«

»Ja, denke ich auch. Schönen Tag noch.«

»Tschüss.«

An der Wohnungstür schob ich ein paar Nadeln auf dem Boden mit dem Fuß zur Tür der neuen Nachbarn. Die Spur würde verblassen, aber ich war mir sicher: Sie würden mich finden.

☆
3.
TEIL:
AUS!
AUS!!
AUUUS!!!
DAS FEST IST
auuuuuuuus/
DIE NACH-
WEIHNACHTS-
ZEIT

iNacht

Volker Surmann

Es begab sich aber zu der Zeit, dass mein damaliger Freund und ich mit kinky Sex experimentierten. Seit den fünfzig Schattierungen von Grau darf man das ja öffentlich zugeben: Wir probierten Fesselspiele, klar definierte Rollenverteilungen und ähnliche Spielereien. Jörg mochte das, und ich mochte ihn, also mochte ich das auch mal probieren. So lag er dann auf einem schwarzen Laken aus Lack, in Fachkreisen kurz »Lacken« genannt, trug Kleidung mit vielen Riemen und Ösen, bei der man auf den Stoff dazwischen großflächig verzichtet hatte, eigentlich vollständig, und lag verschnürt herum wie früher die Weihnachtspakete von meiner Oma in die Ostzone. Meine Oma hatte nämlich immer die Sorge, ein Paket könne durch unsachgemäße Behandlung von Bundespost und DDR-Grenzern zu Staub zerfallen, weshalb sie immer bemüht war, beim Einschnüren des Pakets möglichst jedes Atom einzeln festzuzurren. Zudem war meine Oma schon ein klein wenig dement und verpackte die Pakete versehentlich oft zwei- bis dreimal. Ich bin mir sicher: Hätte meine Oma die Aufgabe gehabt, meinen Lover auf dem Postwege zu mir nach Ostberlin zu schicken, hätte er nicht viel anders ausgesehen als jetzt in diesem Moment. Na gut, vielleicht hätte sie ihm vorher eine von Opas Feinrippunterhosen angezogen.

Ich möchte nicht zu sehr ins Detail gehen, aber wir waren, um es in der weich gezeichneten Sprache sorgsam editierter erotischer Fachliteratur zu sagen, »gut dabei« respektive »mittendrin«, als Jörg urplötzlich das Codewort schrie, das wir vereinbart hatten, sollte es ihm gar zu bunt werden. Das Codewort lautete der Einfachheit halber »Stopp!«, auch wenn es bei Jörg klang wie »Hhhmmobb!«, weil er gerade geknebelt war. Ich erlöste Jörg, und er rief noch einmal »Stopp!«, und ich konnte sogar die Panik in seinen Augen sehen – zumindest als ich ihm die Augenbinde abgenommen hatte: »Stopp! Aufhören! Das ist mir gerade *zu* pervers!«

Ich hielt inne. Okay, wir fickten, aber sorry, das kommt in den besten Kreisen vor.

»Sorry, Volker, aber zu Rudolph, the Red Nosed kann ich nicht.«

Was?!

Oha, jetzt fiel es mir auch auf. Aus den Boxen in meinem Schlafzimmer hopste gerade die butterweiche Stimme John Denvers: *»Then one foggy Christmas Eve / Santa came to say / Rudolph, with your nose so bright, / Won't you guide my sleigh tonight?«*

»Wieso?«, versuchte ich mich zu retten. »Ich dachte, du stehst auf Folter?«

»Ja, aber nicht sooo. Wieso hast du den Scheiß nicht endlich gelöscht?«

Tja. Das war eine berechtigte Frage. Es war auch nicht so, dass ich das nicht versucht hätte, schließlich war Jörg und mir so etwas schon öfters passiert.

In meinem Schlafzimmer habe ich keine komplette Anlage, ich schließe fix meinen iPod an und lass den auf Random durchlaufen. Auf meinem iPod sind viele gute Alben, Zufallswiedergabe ist voll okay, und auch wenn »Hell's Bells« nicht die beste Fickmusik ist, nach 5:11 min. ist auch das vorbei. Aber versuchen Sie mal, sich auf anständig unanständigen Sex zu konzentrieren, wenn Ihnen nebenbei Johnny Mathis mit dem Percy Faith Orchestra »Silent Night, Holy Night« ins Ohr träufelt.

Schuld ist mein iPod.

Vor ein paar Jahren hatte ich Omas schon etwas verkratzter Weihnachtsplatte der Regensburger Domspatzen etwas entgegensetzen wollen, zumal sie beim abschließenden »O Du Fröhliche« einen Sprung hatte, weshalb die LP immer hängenblieb auf einem unendlich repetierten: »O Du Fröhlichä-hä, chrkrz, O Du Fröhlichä-hä, chrkrz, O Du Fröhlichä-hä, chrkrz, O Du Fröhlichä-hä …«

Daher lud ich mir ein Album namens »Christmas in New York« runter, zog es auf meinen iPod und spielte es am Heiligen Abend ab.

»Aber man versteht ja gar nicht, was die singen«, sagte meine Oma, und ich sagte: »Ja. Und das ist auch gut so.« Denn es ist wirklich eine Gnade, Weihnachtslieder nicht zu verstehen.

»Leise rieselt der Schnee, / Still und starr liegt der See, / Weihnachtlich glänzet der Wald« – Wie bitte? Das Lied ist von 1895. Da war die Ikea-Lichterkette noch nicht erfunden, und Vampire glitzerten noch nicht in der Sonne. Was soll da bitte schön glänzen im Wald! Oder: »Kling, Glöckchen, klingelingeling«. Das wurde von einem Mann namens Karl Enslin komponiert. Das *muss* einfach ein Vorfahre von Gudrun gewesen sein. Der Terror lag in der Familie. Nein, dann doch lieber »Rudolph, the Red Nosed Reindeer«.

Auch wenn niemand in unserer Familie etwas verstand, oder vielleicht gerade deshalb; es wurde ein äußerst harmonisches Weihnachtsfest.

Das Problem war nur, dass mein iPod offenbar auf den Geschmack gekommen war. Nach dem Fest synchronisierte ich ihn neu, zog neue Alben drauf, löschte das Weihnachtsalbum, dabei passierte das, was immer passiert: Am Ende des Synchronisationsprozesses kommt die Meldung: »Album so und so kann nicht kopiert werden, weil die Speicherkapazität erreicht ist. iTunes wird den verbleibenden Speicherplatz mit zufälligen Titeln füllen.«

Und so kam es ein paar Wochen später zum ersten Aufeinandertreffen von kinky Sex und cheesy Christmas. Danach synchronisierte ich den iPod noch mal neu, der verbleibende Speicherplatz wurde wieder mit zufälligen Titeln gefüllt, in meiner iTunes-Bibliothek waren ein paar Tausend Titel, es sollte doch mit dem Teufel zugehen, wenn das schon wieder Weihnachtstitel wären.

Der Teufel hieß Doris Day und erklang erstmals Ende April beim Grillen im Park. Ich hatte kleine Aktivboxen angeschlossen, und plötzlich sang die Day zu Grillwürsten und Flaschenbier vom »Winterwonderland«. Meine Freunde lachten sich scheckig, ich skippte schnell, und gerade als Muse, Prodigy und Patrick Wolff die Grillparty wieder beruhigt hatten und Pulp »This is Hardcore« in die Rauchschwaden über den Grill ejakuliert hatten, schmachtete uns urplötzlich Eartha Kitt »Santa Baby« in die bierseligen Ohren. Ich konnte Eartha Kitt und ihr elektronisches Plastikleibchen gerade noch so vor einem tragischen Hexenschicksal auf dem Grill retten.

Ich ging mit meinem iPod hart ins Gericht. Ich machte Tabula rasa, löschte alles, füllte ihn komplett neu, nur die letzten vier oder fünf Titel wählte der Zufallsgenerator aus. Auf meinem iPod befanden sich anschließend 15,99 Gigabyte Indierock plus Eartha Kitt, Doris Day und »Silverbells« von Jim Reeves.

Ich probierte es noch einmal: 15,99 Gigabyte Indierock plus Doris Day und »Let it Snow, Let it Snow, Let it Snow« von Vaughn Monroe & his Orchestra.

Ich probierte es wieder. Ähnliches Ergebnis. Noch mal. Dasselbe. Noch mal. Diesmal wieder das Rentier mit der nasalen Durchblutungsstörung. Ich gab auf und fügte mich in die Erkenntnis: Mein iPod hört halt gern klassische amerikanische Weihnachtslied-Aufnahmen aus den Swinging Sixties. So what? Es gäbe schlimmere Spleens. Er könnte auf indische Bollywood-Songs stehen oder auf nationales Liedgut von Frei.Wild. Nein, danke.

Meist höre ich Musik eh allein per Kopfhörer, gerne per Random-Wiedergabe, und mit der Zeit störten mich die hin und wieder eingestreuten Weihnachtslieder kaum mehr. Die Leute in der U-Bahn dachten halt, der Beat geht ab, dabei wippte ich nur zu »Rudolph, the Red Nosed« mit. Und wenn man gerade am Nacktbadestrand in der Augustsonne schmort und just zu diesem Anlass Alfred Krips, Arthur Fiedler & The Boston Symphonic Orchestra »White Christmas« intonieren, na, dann skippt man halt weiter oder erfreut sich der imaginativen Hirnabkühlung. Und ich muss gestehen: Einem gerade anfahrenden Linienbus der BVG hinterherrennen, geht am besten zu »Sleigh Ride« – zu jeder Jahreszeit. Ich hab's probiert.

Zu meinem Geburtstag hatte ich die Eigenwilligkeit meines iPods schon dermaßen internalisiert, dass ich ihn zu später Stunde sorglos als *DJ Random* einsetzte, aber meine Partygäste waren alkoholisiert genug, um zu José Felicianos »Feliz Navidad« einfach weiterzupogen. Erst bei »All I Want For Christmas is My Two Front Teeth« von Spike Jones & his City Slickers wunderten sich einige Gäste. Ich mich nicht minder. Denn ich konnte mich partout nicht erinnern, dieses skurrile Machwerk (serviert in lispelnder Kinderstimme an Swingorchester), jemals heruntergeladen zu haben. Und tatsächlich: Keine Zahnlückenboys auf der einstmals downgeloadeten Weihnachtscompilation. Wie konnte das sein? Ging mein iPod jetzt schon selbständig einkaufen?

Bald darauf erlangte ich Gewissheit. Ich schaute in die Liste meiner letzten Einkäufe bei iTunes: The Naked and The Famous: »Passive Me, Aggressive You« / Editors: »In This Light and On This Evening« / Placebo: »Trigger Happy Hands« / Andrej Hermlin & The Swinging Dance Orchestra: »I Saw Mommy Kissing Santa Claus« WHAT THE FUCK …?!

Ich prüfte nach: Tatsächlich, in meiner Musikbibliothek lag dieser Titel. Nur hatte ich ihn sicher nie gekauft. Beziehungsweise natürlich schon, ich hatte ihn gekauft, offensichtlich, die 99 Cent wurden sogar von meiner Kreditkarte abgebucht!

Ich machte die Probe aufs Exempel. Ich synchronisierte meinen iPod neu. »iTunes füllt den verbleibenden Platz mit zufälligen Titeln.« Prompt hatte ich Andrej Hermlin & The Swinging Dance Orchestra auf dem iPod. Er lief sogar gerade an. Und … wiegte sich mein iPod da nicht gerade etwas auf der Tischplatte?

Das sah so stimmungsvoll aus, dass ich ihm den gesamten Song gönnte. Anschließend schaltete ich ihn behutsam aus und wischte ihm etwas Staub aus dem Winkel seines Displays. Dann war es eben so. Wo die Liebe hinfällt, da bleibt sie eben liegen. Ich steh auf Männer, Jörg steht auf Fesselspiele, mein iPod auf amerikanische Weihnachtslieder. Jeder Jeck ist anders. Ich kann damit leben. Dafür funktioniert er reibungslos, und der Akku hält außergewöhnlich lange. Nur beim Sex, da höre ich inzwischen lieber Radio. Da muss man nur im Dezember Angst haben, dass einem »Last Christmas« von Wham die Stimmung versaut. Mein iPod hat definitiv mehr Stil.

»Sag mal, gibt Santa Claus seinem Rentier eigentlich auch die Sporen?«, fragte mich Jörg eines schwülen Sommertages, als wir auf meinem Balkon Frozen Margarita schlürften und drinnen mein iPod Rudolph Rotnase fröhlich durch die Hitze trapsen ließ.

»Keine Ahnung«, sagte ich. »Sollen wir es ausprobieren? … Wer ist das Rentier?«

DIE AUTORINNEN UND AUTOREN

Mareike Barmeyer, in München geboren, verbrachte ihre Zwanziger in Großbritannien, wo sie über das Studiopublikum einer britischen Talkshow promovierte. Sie lebt in Berlin und ist Mitglied der Lesebühne »Rakete 2000« und schreibt für die *taz*. Ihr erster Kurzgeschichtenband »Ü30 – erwachsen werden wir später« erschien 2010 bei Periplaneta.

Martin Betz, geborener Amerikaner, gelernter Schwabe, überzeugter Preuße. Wurde unlängst anlässlich eines Tote-gegen-lebende-Autoren-Slams noch auf Seiten der Lebenden eingeordnet.

Paul Bokowski wurde 1982 in Mainz geboren. Er ist jüngstes Mitglied der Berliner Lesebühne »Brauseboys«. Sein Kurzgeschichtenband »Hauptsache nichts mit Menschen« (Satyr) erschien im Dezember 2013 als Taschenbuch bei Goldmann. www.paulbokowski.de

Daniela Böhle war Mitglied der »Reformbühne Heim & Welt« und lebt in Berlin so nah am Wald, dass sie sich einen Weihnachtsbaum klauen könnte, wenn sie das wollte. Außer Geschichten schreibt sie Hörspiele und medizinische Texte. Gemeinsam mit Paul Bokowski gab sie die Geschichtensammlung »Die letzten werden die Ärzte sein« heraus (Satyr Verlag: 2014). www.daniela-boehle.de

Thilo Bock hat seit 1973 jährlich und immer in Berlin Weihnachten gefeiert und fünf Bücher veröffentlicht, zuletzt den Kurzprosaband »Dichter als Goethe« (Satyr) sowie den Roman »Tempelhofer Feld« (Fuchs & Fuchs). In seiner Freizeit nascht er Plätzchen vom vergangenen Jahr. www.thilo-bock.de

Micha Ebeling, geboren 1965 in Magdeburg, lebt und arbeitet als Autor in Berlin. 2007 erschien sein Erzählband »Restekuscheln« (Voland & Quist), 2014 sein Nichtraucher-Ratgeber »Lunge, komm bald wieder« (Satyr). Zusammen mit Volker Strübing zweimaliger Gewinner der Deutschsprachigen Poetry-Slam-Meisterschaften im Teamwettbewerb. Heiligabend gibt's bei ihm Bockwurst und Häckerle.

Kirsten Fuchs, Jahrgang 1977, Berliner Autorin, mehrere Buchveröffentlichungen bei rowohlt Berlin und Voland & Quist. Von 2008 bis 2013 Mitglied bei der »Chaussee der Enthusiasten«, seit 2014 Mitbegründerin der Lesebühne »Fuchs & Söhne«. www.kirsten-fuchs.de

Martin »Gotti« Gottschild war schon mal DDR-Meister im Bogenschießen, Abiturient, Musikalienhändler, berühmt, Garderobenfrau und ein gefürchteter Klingelton. 2003 schreibt er seine erste heitere Kurzgeschichte, weil er zwar gerne lacht, aber eben nicht so lange. 2004 erfindet er »Tiere streicheln Menschen – die Actionlesung«. Seine Kurzgeschichtenbände erscheinen bei LOOB. Dem Abdruck seines Beitrags wurde zugestimmt.

Jan Gympel, eingeborener Berliner (West), Jahrgang 1966. Journalist, Autor von Sachbüchern, schöner Literatur und Comics. Erwartet weder Weihnachtswunder noch nette Nazis. www.gympel.de

Holger Haak hat seinen Schreibtisch im Berliner Wedding stehen, liest regelmäßig bei der Lesebühne »Amygdala« und immer öfter auch bei weiteren Gelegenheiten. Er flüchtet zu

Weihnachten am liebsten auf die Kanarischen Inseln. www.holgerhaak.de

Uli Hannemann, geboren 1965 in Braunschweig, Mitglied der Berliner Lesebühnen »LSD – Liebe statt Drogen« und »Reformbühne Heim & Welt«. Jüngste Veröffentlichung: »Wenn der Kuchen schweigt, sprechen die Krümel« (Ullstein, 2012). Im März 2014 erschien im Berlin Verlag sein Roman »Hipster wird's nicht«.

Sarah Hakenberg wurde 1978 in Köln geboren, 1981 nach Bayern verschleppt und zog 2005 ins verruchte Berlin, um sich dort einen Beruf zu basteln, in dem sie Schauspielerin, Pianistin, Dozentin, Dramaturgin und Schriftstellerin zugleich sein kann: »literarische Kabarettistin«. 2010 kehrte sie nach München zurück, ihr aktuelles Musikkabarettprogramm heißt »Struwwelpeter Reloaded«. www.sarah-hakenberg.de

Nils Heinrich wurde 1971 in der DDR geboren. Als David Hasselhoff die Mauer niederriss, war er 18. Über die Hälfte seines Lebens verbringt er mittlerweile in Freiheit. Um Geld zu verdienen, hat er schon so ziemlich jeden Job angenommen. Momentan arbeitet er als professioneller Zyniker auf der Bühne. Heute hier, morgen woanders. Sein Leben im Land, das früher »Drüben« hieß, beschrieb er in dem Buch »Wir hatten nix, nur Umlaute« (rororo, 2013). www.nils-heinrich.de

Hinark Husen, Westfale seit 1965, Weddinger seit 1987. Beides mit Passion. Derzeit tätig als Weddinger Erzieher im Prenzlauer Berg. Mitbegründer von »Dr. Seltsams Frühschoppen«, der Urmutter aller Lesebühnen. Liest auch heute noch beim »Frühschoppen«. Redakteur des Lesebühnenzentralorgans »Salbader«. Im Jahr 2005 erschien sein Buch »Wenn Weddinger weinen« (Satyr Verlag).

Felix Jentsch, geboren 1979 in Berlin, trägt seit 2002 literarische Fragmente vor Publikum vor. Bis zu seiner wirtschaftlich motivierten Flucht nach Kaiserslautern (2012) moderierte er die legendäre »Offene Bühne« im Pankower *Zimmer 16*. 2009 wurde er Mitglied bei der Lesebühne »Surfpoeten«. Er tritt auf Poetry Slams auf und veröffentlicht gelegentlich Texte in Zeitschriften und Anthologien. Hauptberuflich arbeitet er als Deutschlehrer für Ausländer. Inzwischen hat er eine neue poetische Heimat in der Mannheimer Lesebühne »Laserbühne 3000« gefunden.

Andreas Kampa, geboren 1970 in Berlin, schreibt seit 2002 Kurzgeschichten für die Berliner Lesebühne »Chaussee der Enthusiasten«. Geschichten von ihm erschienen in den Anthologien »Chaussee der Enthusiasten« und »Straße ins Glück« (Voland & Quist).

Insa Kohler ist zwar groß geworden, aber nicht erwachsen. 1986 in Oldenburg geboren, hat sie trotz mehrerer Umzüge einige ihrer Spielsachen noch nicht weggeworfen. Seit 2010 kann sie außerdem mehrere Poetry-Slam-Trophäen ihr Eigen nennen. Momentan lebt, studiert und schreibt sie in Berlin, z. B. auf ihrem Blog: insakohler.wordpress.com

Andreas »Spider« Krenzke ist bei der Lesebühne »LSD – Liebe statt Drogen« und liebt in Wirklichkeit Weihnachten. Na ja, bis auf die Musik vielleicht. Und das Wetter. Und dass die Kinder Ferien haben und zu Hause sind. Und dann sind da noch lauter Kleinigkeiten. Ostern ist auch schön.

Karsten Lampe irrte die ersten zwanzig Jahre seines Lebens durch ein Feld voll Brandenburger Weizen. Man nennt ihn auch den »Meister der Broteske«. Buchveröffentlichung: »Wazzefak. 29 Dinge, die ich nicht verstehe« (Lektora Verlag).

Sebastian Lehmann lebt in Berlin und schreibt seit zehn Jahren Kurzgeschichten über Themen wie Langeweile, Schlafen,

Apokalypse, Kapitalismus und neuerdings auch Elche. Er ist Mitglied der Lesebühne »Lesedüne« und moderiert den Kreuzberg Slam. 2013 erschien sein Hyperrealität-Hipster-Roman »Genau mein Beutelschema« und 2014 seine Geschichtensammlung »Kein Elch. Nirgends« (beide Aufbau-Verlag). www.sebastianlehmann.net. Seine Weihnachtsgeschichte ist aus dem Lesedünen-Buch »Über Wachen und Schlafen« (Voland & Quist, 2012) entnommen.

Manfred Maurenbrecher. Vier Bücher, zweiundzwanzig LPs und CDs, Bühnenkünstler, Deutscher Kleinkunstpreis, Deutscher Kabarettpreis, mehrfach Jahrespreis der Liederbestenliste. Geboren 1950 in Berlin. Die Idee zu seiner Geschichte basiert auf einem zusammen mit Andreas Albrecht verfassten Liedtext.

Anselm Neft wurde 1973 in einem Stall bei Bonn geboren. Seitdem ist die Welt eine andere. Über seine Zeit in Berlin schrieb er das Buch »Die Lebern der Anderen« (Ullstein). Letzte Veröffentlichung: der Roman »Hell« (Satyr Verlag, 2013).

Jochen Reinecke ist Jahrgang 1971, arbeitet als dies und das und feiert mal gerne, mal weniger Weihnachten.

Robert Rescue, geboren 1969 in Lampertheim, lebt und schreibt in Berlin seit 1993. Leitete früher ein Projekt zur Förderung junger Literatur. 1998 Mitbegründung der Lesebühne »O-Ton Ute«. 2003 folgten die »Brauseboys« im Wedding. Zwei Veröffentlichungen bei Periplaneta: »Eimerduschen – Ein Opfer packt aus« (Geschichten) und »Der Intimitätendieb« (fantastischer Roman). www.robertrescue.de

Chio Schuhmacher ist Werbetexterin und Musikerin. Durch ihre Band »Zuckerklub« kam sie in Kontakt mit den Berliner Lesebühnen, die sie seit 2012 auch zu eigenen Geschichten inspirieren.

Ivo Smolak tritt als singender Entertainer unter dem Künstlernamen Ivo Lotion häufig auf Berliner Lesebühnen auf und ist Mitglied bei »LSD – Liebe statt Drogen«. Aktuell konzentriert er sich aufs Schreiben von Kurzgeschichten, in denen er bizarre Abenteuer im Berliner Immobilienmarkt verarbeitet.

Frank Sorge ist Vorleser bei den »Brauseboys«, 1977 in Berlin geboren und hat bisher jedes Jahr Weihnachten mit der Familie gefeiert. 2012 eine Buchveröffentlichung bei Eichborn, 2014 verschenkt er bevorzugt seinen Band mit Surf- & Klickgeschichten »Degeneration Internet« (Satyr Verlag). www.frank-sorge.de

Lea Streisand lebt in Berlin, schreibt für die *taz* und liest bei der Lesebühne »Rakete 2000«. Ihr neuestes Buch heißt »Berlin ist eine Dorfkneipe« (Periplaneta). Die Geschichte »Weihnachten in der Heimat« erschien zuerst auf dem Hörbuch »Wahnsinn in Gesellschaft« (Periplaneta, 2009). www.leastreisand.de

Volker Surmann isst seinen ersten Dominostein immer Anfang September im Nacktbadebereich des Strandbades Wannsee. Ansonsten ist er ganz normal, bzw. so normal man als Exil-Ostwestfale in Berlin sein kann. Er schreibt für Zeitschriften und Kabarett, verfasst eigene Romane und Kurzgeschichten, verlegt fremde und liest jeden Donnerstag bei der Lesebühne »Brauseboys«. 2014 erschien sein zweiter Roman »Extremely Cold Water« bei Voland & Quist. www.volkersurmann.de

Georg Weisfeld, geboren 1975 in Bremen, Kabarettist, Lesebühnenautor und Kleiderbügeldurchsteiger. Schreibt gerade an der Superhelden-Saga »Hartz-Four – Vier Superhelden im Kampf für Hartz-IV-Empfänger«. www.hartzfour.blogspot.de, www.weisfeld.de

Michael-André Werner, Ende der 1960er in Berlin geboren. Mitglied der Berliner Lesebühne »Die Brutusmörder«. Auszeichnungen: Walter-Serner-Preis, Reinheimer Satirelöwen, Weißer

Rabe. Veröffentlichungen: »Schwarzfahrer« (Roman, 2003), »Ansichten eines Klaus« (Roman 2012), »Kopf hoch, sprach der Henker« (Roman 2014), www.michael-andre-werner.de

Heiko Werning, 1970 in Münster geboren, seit 1991 im Wedding, ist Reptilienforscher aus Berufung, Froschbeschützer aus Notwendigkeit, Schriftsteller aus Gründen, Liedermacher aus Leidenschaft und Plattenmogul aus wirtschaftlichem Unverstand. Er liest bei den »Brauseboys« und der »Reformbühne Heim & Welt«, schreibt für *Titanic*, *Jungle World* und die *taz*. Bislang fünf Solobücher, zuletzt erschienen: »Im wilden Wedding« (Edition Tiamat, 2014).

Ein Wort zu Lesebühnen:

Wenn Sie, werter Leser, werte Leserin, die Autorenbiographien aufmerksam gelesen haben, dann ist Ihnen sicher aufgefallen: Fast alle Autorinnen und Autoren dieses Bandes lesen in Berlin oder anderswo bei einer Lesebühne. Dabei handelt es sich um ein im Grunde sehr einfaches Konzept: Ein festes Autoren-Ensemble liest regelmäßig – wöchentlich, monatlich, vierzehntägig – frisch geschriebene Satiren und Geschichten vor. Sollten Ihnen die Texte in diesem Büchlein gefallen haben, dann googeln Sie doch mal nach einer Lesebühne in Ihrer Nähe (inzwischen gibt es eine in fast jeder Großstadt) und gehen hin. Sie werden mit Sicherheit einen unterhaltsamen Abend haben!

Die Herausgeber

Ihnen hat dieses Buch gefallen? Dann lesen Sie doch auch:

GESUNDHEIT IST NUR EIN MANGEL AN DIAGNOSEN

Dreißig Satirikerinnen und Satiriker begeben sich auf Visite und prüfen das zweitälteste Gewerbe der Welt auf Herz und Nieren. Ihre Diagnose: Lachen hilft, und wenn der Schmerz nachlässt, kann sogar eine rausgesprungene Kniescheibe viel Freude bereiten.

35 bizarre, komische, skurrile Geschichten, krank geschrieben zwischen Siechtum und Genesung von **Horst Evers**, **Jochen Schmidt**, **Tilman Birr**, **Sarah Schmidt**, **Uli Hannemann**, **Kirsten Fuchs** und vielen anderen – herausgegeben von der Autorin und Medizinlektorin **Daniela Böhle** und dem Satiriker und bekennenden Hypochonder **Paul Bokowski**.

Daniela Böhle, Paul Bokowski (Hrsg.)
DIE LETZTEN WERDEN DIE ÄRZTE SEIN
192 S., broschiert, 12,90 EUR, ISBN 978-3-944035-29-1
auch als E-Book

SATYR VERLAG

Axel Krohn und Sören Sieg

»ICH BIN EINE DAME, SIE ARSCHLOCH!«

Deutsche Dialoge mitgehört

Hier treffen sich Witz und Wahnsinn

ISBN 978-3-548-37456-7

Ob in der S-Bahn, beim Bäcker oder auf der Parkbank: Der Durchschnittsphilosoph und Besserwisser weiß alles, wenn auch nichts genau. Und eine Meinung hat er sowieso! Sprachlich kreativ und thematisch vielseitig diskutiert Deutschland über Bushido, Bio-Lebensmittel und den Bundespräsidenten. Axel Krohn und Sören Sieg versorgen uns mit Dialogen aus dem echten Leben. Diese sind mal hohl, mal absurd, mal originell – und garantiert unfreiwillig komisch! Denn: Nichts ist witziger als die Wirklichkeit.

Auch als ebook erhältlich e-book

www.ullstein-buchverlage.de

ullstein

US403

EIN KÄNGURU GEHT UM IN EUROPA

Marc-Uwe Kling
DIE KÄNGURU-CHRONIKEN

Marc-Uwe Kling
DAS KÄNGURU-MANIFEST

Hörbücher live und ungekürzt auf 4 CDs

Alle Titel sind auch als E-Book erhältlich.

www.ullstein-buchverlage.de

ullstein

US431

Deutschlands größte Testleser Community
Jede Woche präsentieren wir Bestseller, noch bevor Du sie in der Buchhandlung kaufen kannst.
Finde Dein nächstes Lieblingsbuch
vorablesen.de
Neue Bücher online vorab lesen & rezensieren
Freu Dich auf viele Leseratten in der Community, bewerte und kommentiere die vorgestellten Bücher und gewinne wöchentlich eins von 100 exklusiven Vorab-Exemplaren.
© PIKSEL · istockphoto